W0297102

orbs

La mise au monde. Après l'eau, le féminin. La Vie, toujours la vie. Derrière son apparente fluidité, le Féminin s'est révélé dans son mystère, ressenti comme une évidence mais finalement insaisissable, défiant les mots et les catégories. Le féminin ne se limite donc pas au féminisme. Il est aussi plus vaste que la femme, même si celle-ci en reste bien sûr le véhicule privilégié. Il est là, nous accueille, nous porte et nous soutient. La déesse, la femme, la nature, telles sont les colonnes qui ont structuré nos choix. Traçant des perspectives inédites entre Starhawk, Hildegarde et la Reine de Saba, remontant aux sources du féminisme, de #MeToo et du Rojava syrien, renouant avec les déesses de nos musées et de nos écrans, explorant les matrices universelles de Biosphère 2, des apparitions mariales et l'art sacré de Aude de Kerros. Un singulier panthéon à la gloire du féminin qui nous anime !

Nous sommes « tous » Elle.

CHARLES-MAXENCE LAYET

SOMMAIRE

IL ÉTAIT UNE FOIS
MAKEDA, LA REINE DE SABA

Le continent africain porte plusieurs histoires de femmes sages, guerrières héroïques ou divinités peu connues du reste du monde. L'une d'elles, la reine de Saba est sans doute la plus fameuse, par son union amoureuse avec le roi Salomon. Des millénaires d'occultation et de réécriture des mythes ont transformé cette légende qui se diffusa du royaume de Saba (Éthiopie, Kenya, Soudan, Yémen) jusqu'au monde occidental contemporain. À travers ce récit que nous livre Maji-da Abdi, et qu'elle tient de sa propre grand-mère, retranscription intime d'une transmission qui s'opère par delà les générations de femmes et contée ici selon l'art africain de la louange, le kasàlà, une vérité se dessine… La reine de Saba avait une histoire, une enfance, un nom : Makeda, qui n'était pas lié aux enjeux de pouvoir. La puissance féminine qu'elle incarne, sa fonction initiatrice, est liée à une autre façon d'être au monde.

PAR **MAJI-DA ABDI**

« JE VAIS VOUS RACONTER UNE HISTOIRE VRAIE, CELLE DES ESPRITS DE LUMIÈRE,

de ma grande mère qui me conta nos racines, l'histoire merveilleuse de la reine de Saba, notre grand-mère à tous, née Makeda, « celle qui est pure ». Je la raconte à mon tour parce qu'il est temps de transmettre ce que j'ai reçu de ces histoires de puissances naturelles qui nous unissent et nous relient en profondeur. Je la raconte pour mes enfants que j'appelle Mebrat et Medanite, mes filles Oumi Hadia et Maisha Zemi. Chez nous, le nom est un véhicule de la force vitale qui relie les générations. Mebrat veut dire « Lumière » et Medanite « celle qui guérit ». Oumi signifie « Chère Mère » comme notre Terre, et Hadia « sagesse et cadeau », du nom de ma mère, celle qui est comme un baobab de puissance extraordinaire. Maisha c'est « la vie » et Zemi, mini ZemZem, du nom de ma grand-mère Zem-Zem qui signifie « eau bénite », « source », et qui vécut dans son corps jusqu'à ses 111 ans.

Elle avait une énergie très spéciale, si paisible qu'elle paraissait immobile. Elle riait facilement et me contait beaucoup d'histoires. Elle racontait son enfance, et surtout les histoires de ses amis, les esprits, ces enfants blancs, tout blanc, ces petits esprits de lumière avec lesquels, elle jouait dans la forêt, en cachette. De ces enfants, elle apprit beaucoup de choses... parmi elles, l'histoire de Makeda, la reine de Saba.

L'histoire commence jadis, il y a fort longtemps, avec un roi et une reine qui avaient choisi d'avoir un enfant. La reine s'y prépara pendant neuf ans. Elle allait voir l'oracle. Une dame, là-haut dans la montagne, qu'elle visitait une fois par lune. Seule la reine pouvait voir cette dame mystérieuse, qui, dit-on, parlait à la foudre. Initiée durant neuf ans, la reine apprit à préparer les affaires de l'enfant de lumière qu'elle allait recevoir.

L'ORACLE LUI AVAIT CONFIÉ QUE L'ENFANT VIENDRAIT AVEC DÉJÀ BEAUCOUP DE DONS À PARTAGER,

qu'il fallait uniquement lui apprendre à comprendre le langage des humains et leur façon de vivre, et que cet enfant aurait besoin de beaucoup de silence pour se nourrir, s'instruire des racines de la terre, comme de l'air. L'oracle apprit à la mère les massages à faire à son enfant, pour son éveil, et comment célébrer le lever du soleil tous les matins, et tant d'autres histoires trop longues à vous raconter ici.

Vint le temps de la naissance de la princesse Makeda, qui, dès la sortie de son ventre, lui a souri et l'a regardée dans les yeux. Ce moment si fort, les yeux dans les yeux, fut l'instant d'une transmission infinie d'amour. En cet instant de grâce, moment d'éternité ouvrant une porte sur l'invisible, les esprits assistèrent avec joie à cette magnifique connexion. Cette enfant pourrait désormais les voir, les entendre et les connaître.

L'ENFANCE DE MAKEDA FUT ENCHANTÉE.

Sa mère avait choisi pour nounou une dame de 77 ans, mais qui avait l'énergie d'une jeune femme. Elle s'appelait Mena (qui signifie prana). Sa présence mettait tout le monde à l'aise. C'est elle que Makeda voudrait. La reine consacra les quarante premiers mois à Makeda, la nourrissant au sein avec tendresse, dans la reliance de cet amour infini, gardant toujours un contact de corps à corps. Puis, la reine et le roi furent avec elle le matin et le soir. La journée, Mena l'emmenait dans la nature, la forêt. Très vite, Makeda explora toute seule ce jardin au cœur de la forêt, guidée par le chant de sa nounou avec laquelle elle était très connectée. Elle l'entendait même si elle chuchotait comme le bruissement du vent à travers les plantes.

Makeda adorait passer des heures à observer les mouvements des fourmis, à scruter l'écoulement de l'eau. Elle aimait s'abreuver à la source, suivant les oiseaux, les papillons et les abeilles, dont leur miel était son sucre préféré. Jamais elle ne se lassait, passionnée par tout ce qui est.

Cela tenait de l'incroyable, insistait ma grand-mère, mais Makeda avait perçu la présence de ses nouveaux amis invisibles dès sa naissance. C'est dans la forêt qu'elle commença à entendre et voir les enfants-esprits, et qu'ils se rencontrèrent de plus en plus régulièrement.

SES AMIS SECRETS ÉTAIENT DEVENUS DE VRAIS MAÎTRES, AVEC QUI ELLE ÉCHANGEAIT.

Ils lui apprirent le secret des plantes qui guérissent, les remèdes à faire, le langage des animaux, du vent et de l'air. Ils lui apprirent aussi à écouter la terre, comme le cœur de sa mère. La petite Makeda apprit à voir toute la lumière qui existe dans le cœur de chacun. Elle explorait avec eux la beauté de la paix. Et la paix de la beauté. La beauté qu'elle partageait dans toutes ses actions, paroles et pensées. En cela, elle portait bien son nom, Makeda, celle qui est pure. Sa lignée s'imaginait que ces dons venaient de ses rêves, imaginés. Son apprentissage dura ainsi plusieurs années, et chaque fois près de la rivière, de la source, en cachette. Car les parents de ces enfants-esprits préféraient s'éloigner des humains dont les pensées pouvaient sentir mauvais. Mais les rencontres se faisaient quand même, si c'était en accord avec la volonté de la terre, et Makeda écoutait la terre. Sa vie dans la nature, à observer et communiquer avec tous les êtres, les chants et la respiration en silence avec Mena, la danse, la sculpture avec sa mère, rythmaient ainsi ses journées.

Makeda recevait les secrets de l'eau qu'elle buvait. Elle aimait beaucoup boire de l'eau pour la clarté d'écoute. Le mystère de l'eau la fascinait et son enseignement était profond. Elle se nourrissait essentiellement de fruits et de légumes crus, et parfois cuisinés mais seulement pour faire plaisir, participer, pas par envie. Elle avait juste la joie de goûter, et apprécier la beauté de ces fruits. Elle disait qu'elle se nourrissait déjà de tout ce qu'elle voyait dans la nature, autour d'elle, et de ce que lui apportaient ses rêves.

« ELLE SAVAIT INTER-ÊTRE », AIMAIT DIRE MA GRAND-MÈRE.

Makeda ne sentait pas de manque car cette idée n'a pas sa place dans la nature.

Tout était fait avec soin et avait aussi un sens caché. Mena finalisait les *netela* de Makeda, enroulant les petits bouts de fil de coton au bout des *tibeb*, ces bordures colorées avec des figures de la géométrie sacrée. Tibeb veut dire secret, ce qui lie, ce qui renoue ; tandis que netela, c'est l'écharpe, que l'on voit encore partout, tissée à la main. On dit que le tibeb dans sa géométrie est empli de secrets que seuls les tisserands connaissaient jadis… Makeda avait 99 différentes couleurs de tibeb, et en portait tous les jours un différent. Le centième jour, elle revêtait celui seulement de blanc argenté et doré, parce que ces deux couleurs portaient la vibration des 99 autres couleurs… Le tissage, le tissu enchantait Makeda. Dès qu'elle put, à l'âge de 5 ans, elle décida d'aller rencontrer les tisserands. Ce fut une habitude, tous les ans pour la fête du nouvel an, elle venait les visiter, leur offrant des cadeaux. Elle était émerveillée par cette famille de tisserands talentueux. Avec leur grande machine de bois, ils tissaient en chantant des prières toute la journée, riaient, s'amusaient, adoraient leurs tissus autant que Makeda aimait les porter. Les tisserands lui avaient montré où, quand et par qui était récolté le coton. Elle avait assisté aux récoltes pour ses futurs netela, suivi toutes les étapes et venait régulièrement apprendre à filer à leurs côtés. Pour chaque chose qu'elle touchait, qu'elle mangeait, à laquelle elle participait, elle voulait connaître la source et était remplie de gratitude qu'elle exprimait en retour par son sourire, son cadeau ou son chant. Elle aimait tant partager.

Puis vint pour elle, le début du passage vers l'âge adulte. Ses seins se dessinaient, ainsi que son corps de jeune femme. Pour la préparer et l'accompagner dans cette transformation, sa mère et Mena passèrent, tous les mois, trois jours seules avec elle dans la nature, lui parlant des énergies, des cycles en lien avec la nature, la lune, les étoiles et de toutes les connexions attribuées au cycle féminin. Chacune était à trois étapes différentes de lunes. Makeda allait commencer à offrir, redonner un peu de son sang à la terre, comme le faisait sa mère depuis longtemps. Mena, dans la grâce de ses jours plus avancés, avait terminé le rythme de son don de sang à la terre liée à la lune. Elle était au-delà, ouverte à d'autres mondes parallèles comme toutes les grand-mères, jadis initiées à la terre et l'eau par le cycle de leurs lunes...

LE VRAI SENS DE L'HISTOIRE QUE JE VOUS RACONTE NE PEUT SE TRANSMETTRE PAR DES MOTS,

Il passe peut-être entre les lignes, dans la transparence et le silence de ce qui n'est pas dit, ma grand-mère disait.

Makeda apprit que dès le premier jour des lunes, pendant les trois premiers jours, il était bon de déposer le sang qui coule par la fontaine sacrée à la terre, près d'un arbre dans la nature, que c'était comme le placenta dans le ventre de la mère. C'est ce qui se faisait pendant ces trois jours de retraite entre femmes. Mena tenait l'espace et partageait son expérience et sa connaissance par rapport à tout cela. Elle parlait de l'enfantement, du cadeau que c'était de pouvoir enfanter, procréer. Ces moments avaient fort marqué Makeda qui encore petite, disait qu'elle aurait un fils, et qu'il serait comme son papa. Cela faisait rire sa maman, qui lui souhaitait que cela soit vrai, mais pas trop tôt, car elle voulait garder Makeda près d'elle encore quelque temps. Occultant qu'il avait été prédit que le destin de Makeda était de ne jamais se marier, et qu'elle n'aurait donc peut-être pas la joie d'avoir un enfant.

Elle avait déjà très jeune le respect de ses parents. Son père décida alors que ce serait elle qui règnerait sur le royaume. Nul ne contredit le roi. Et ainsi ce fut.

Ma grand-mère me raconta qu'un jour où le ciel était chargé d'éclairs, ses amis esprits-lumière lui confièrent une autre partie de l'histoire de Makeda, restée jusque là secrète. Ainsi, après toutes ces belles années dans son pays, vers l'âge de 13 ans, Makeda fut envoyée en Égypte après un accord entre son père et le pharaon, afin de poursuivre les initiations secrètes dues à son destin et faire ses études auprès des grands maîtres égyptiens. Elle apprit l'astronomie et les grands mystères, en particulier ceux de l'architecture des pyramides et de la géométrie sacrée. Ces secrets gardés de l'ancienne terre voisine connue maintenant comme l'Égypte, étaient reliés à ses propres racines par le Nil, la rivière qui prenait sa source dans la forêt de son enfance. Elle comprit vite en Égypte que les courbes de son corps fascinaient les jeunes hommes bien plus que l'agilité de son esprit, ce qui n'avait pas de sens pour elle que l'esprit en expansion et l'exploration des limites de son âme fascinaient.

UN JOUR, UN MAÎTRE ORACLE LUI PRÉDIT SON DÉPART, LOIN, AU-DELÀ DES MERS.

Il lui dévoila qu'elle avait été choisie, initiée, depuis fort longtemps, déjà dans d'autres vies, pour aller sanctifier un temple dans un autre royaume dans les années à venir, où le roi s'appellerait Salomon, et que par elle les deux peuples séparés par la mer Rouge, seraient réunis. Elle donnerait naissance à un fils, fruit de cette union, qui ramènerait l'arche à la terre de son pays natal. Cela la mit fort en colère, car elle avait d'autres projets. Considérant que les hommes au pouvoir faisaient toujours la guerre, elle rêvait d'un monde gouverné par des femmes, pensant que cela apporterait plus de paix, d'ouverture et de coopération. Son tempérament bien trempé amusait les oracles, ses maîtres, qui parfois l'appelaient Maat, parfois Isis, car elle possédait en elle la douceur de l'eau comme la lame de la foudre. « Heureusement, disaient-ils, que son destin était celui de faire régner la paix, et non la guerre... »

Sur la suite de l'histoire, celle tellement connue de la rencontre de la reine de Saba et du roi Salomon, il reste beaucoup à dire. Je vous conterai sa réalité riche d'enseignements comme le faisait ma grand-mère, le temps d'un autre soir. »

L'AUTEURE
Maji-da Abdi,
née en Éthiopie, a grandi au Kenya et au Canada où elle a fait des études de commerce et de littérature. Conspiratrice positive, elle a œuvré comme productrice, réalisatrice, créatrice de mode, activiste, danseuse... Travaillant plus de 20 ans dans le 7e Art engagé, elle a créé en Éthiopie en 2010 le premier festival de courts métrages : *Images That Matter.* Militante, elle combat l'excision et les pratiques traditionnelles nocives subies par les femmes et les filles. Elle anime également des ateliers de reconnexion par l'art, le chant, et la poésie. Elle écrit actuellement des contes et prépare son prochain festival en Éthiopie.
www.magie.merci.com

MA SŒUR **HILDEGARDE**

Religieuse,
naturopathe, musicienne
et compositrice, naturaliste, écrivain,
peintre, fondatrice d'un monastère de
femmes, conseillère des hommes de pouvoir de son
temps, théologienne, mystique et visionnaire...
La traversée du temps d'Hildegarde de Bingen intrigue et
émerveille. D'une double formation littéraire et artistique,
Catherine Mong découvre Hildegarde à l'occasion du Printemps
des poètes consacré aux femmes, où elle lit des extraits de ses
visions. Cette présence n'a cessé de s'étendre, donnant vie en
2016 à une lecture-spectacle à partir des différents textes
d'Hildegarde, voix et violoncelle. C'est par la force du Verbe
que la résonance s'est fait sentir et qu'un puissant lien
de sororité est apparu. Une vibration féminine
porteuse d'harmonie qu'elle nous partage.

PAR **CATHERINE MONG**

Hildegarde (1098-1179) est une voix remarquable du Moyen Âge, à la fois mystique et scientifique, donnant à connaître la "théologie cosmique" qu'elle reçoit au travers des visions qu'il lui est ordonné de transcrire. Son esprit curieux s'intéresse aux sciences naturelles et à la médecine. Elle écrivit énormément – trois volumes de Visions, deux traités scientifiques, au moins quatre biographies (sur les saints patrons des lieux où elle vécut mais aussi sur celle qui fut son maître, Jutta von Sponheim), près de 500 lettres, plus de 70 chants liturgiques et musiques sacrées sans compter les textes des prédications. Sans doute est-ce la plus importante femme de lettres de son époque. Mais son action n'est pas réservée aux écritoires. Elle fit édifier les abbayes de Rupertsberg et de Eibingen, dans le bassin d'une vallée du haut Rhin, en Allemagne, deux monastères de femmes indépendants au sein desquels elle institua ces chants qu'elle composait. Sa renommée était telle que sa biographie avait été commencée de son vivant. Très vite considérée comme une sainte par la population, il a fallu attendre les années 1980 pour que cette haute figure étonnamment moderne soit connue d'un large public, avant sa reconnaissance officielle par le clergé, qui la nomme Docteur de l'Église en 2012.

PAGE PRÉCÉDENTE
La vraie Trinitédans la vraie Unité
Codex de l'Abbaye Ste Hildegarde, Eibingen

UNE POÉSIE FLAMBOYANTE

« Je vis une splendeur immense et sereine, rayonnant comme de plusieurs yeux, ayant ses quatre angles tournés vers les quatre parties du monde, qui, désignant le secret du Créateur suprême, me fut manifestée dans un grand mystère ; et dans cette splendeur sereine, une autre splendeur pareille à l'aurore, ayant en soi une clarté d'une lueur empourprée, apparut. [...] Et je vis comme une forme de femme ayant dans son sein comme une forme parfaite d'homme, et voici que par une secrète disposition du Créateur suprême, cette même forme manifesta le mouvement de vie et une sphère embrasée n'ayant aucun trait de corps humain posséda le cœur de cette forme, toucha son cerveau et se transfusa dans tous les membres ; et ensuite cette forme d'homme, vivifiée de la sorte, sortant du sein de la femme, eut les mouvements conformes à ceux des hommes sur cette sphère et changea sa couleur suivant leurs couleurs [...] Cette même sphère de flammes montre sa vigueur, suivant les énergies corporelles, de telle sorte que dans l'enfance de l'homme, elle fait preuve de simplicité, dans la jeunesse de force, et dans la plénitude de l'âge [...] elle manifeste la puissance de ses vertus par sa sagesse » (*Scivias*).

Les textes d'Hildegarde révèlent un monde mystique chatoyant, mystérieux, rempli d'images qui restent largement opaques. Son corps, fragile, est visité depuis la petite enfance par des visions la traversant en état de veille. La définition du mot mystique s'impose à nous : « relatif au mystère, à une

LE CORPS DEVIENT LE PREMIER TEMPLE DANS LEQUEL IL S'AGIT D'ENTRETENIR UN ÉTAT DE PAIX

croyance cachée, supérieure à la raison, dans le domaine religieux ». Ces visions, Hildegarde, parfois les dicte, parfois les écrit, dans le latin rudimentaire qu'elle a acquis surtout grâce au psautier. Son langage symbolique n'est pas facile à interpréter, mais il est fascinant. On sent, en œuvre, une force avec laquelle entrer en relation. Une force poétique, puissante, étonnamment moderne. Il en est ainsi de ces magnifiques chants de l'extase et à la gloire de la Vierge, qui forment un îlot inouï, une source jaillissante.

L'HOMME AU CENTRE DU MONDE

L'esprit universel et intéressé de tout d'Hildegarde – de ses Visions à l'observation des mondes minéral, végétal, animal et cosmique –, porté par "l'amour du prochain", s'inscrit dans la tradition chrétienne des premiers siècles, elle-même héritière des philosophes de l'Antiquité. Mais Hildegarde le conduit plus loin. Quelque désordre que ce soit, où qu'il survienne dans l'univers, a des résonances dans le cosmos. Elle rejoint là les conceptions modernes de l'univers comme un tout relié, intriqué, interdépendant. Appliqué au corps et ses soins, ce sens de l'harmonie indispensable à l'équilibre du monde la conduit à une approche holistique de la santé. Les visions d'Hildegarde placent l'homme au centre de l'univers en ce sens que, lui seul, qui est fait à l'image de Dieu, peut modifier le monde avec sa conscience. L'homme doit donc apprendre à se gouverner. Toute dignité lui est rendue, mais aussi la très grande responsabilité de ce qu'il fait de lui.

Ici, corps, âme et esprit distincts, forment un tout indivisible. Dans ce "grand tout" humain, chaque élément a des effets sur l'ensemble. Il s'agit de retrouver son harmonie, son équilibre, d'agir en prévention. Hildegarde est aussi attentive aux états d'âme qu'aux malaises corporels. On voit très bien les implications pionnières dans la médecine, la bioéthique, la psychologie. Le corps devient le premier temple dans lequel il s'agit d'entretenir un état de paix.

« L'âme dans le corps est comme la sève dans l'arbre, et ses facultés sont comme les rameaux de l'arbre. Comment cela ? L'intelligence est dans l'âme comme la verdeur des rameaux et des feuilles, la volonté comme les fleurs, l'esprit comme le premier fruit qui sort de lui, la raison comme le fruit parfait qui vient à sa maturité, les sens comme l'extension de sa grandeur. Et c'est de cette manière que le corps de l'homme est fortifié et soutenu par l'âme. C'est pourquoi, ô homme, comprends ce que tu es par ton âme, toi qui renonces à ton intelligence, et qui veux être comparé aux animaux » (*Scivias*)

Du point de vue médical, alimentaire et environnemental, Hildegarde nous fait apprécier les vertus ignorées de ce qui nous entoure : plantes, animaux, herbes, bois, minéraux, métaux. Hildegarde de Bingen fut en somme le premier naturopathe occidental et aussi la première en mesure d'écrire toutes ces connaissances sans être accusée de sorcellerie.

L'ÉQUILIBRE DES FORCES DE VIE

« L'âme et la vivification des créatures. Quand la parole de Dieu, au commencement, a retenti, la masse des créatures était froide et sans feu. Et l'esprit de Dieu qui est feu et vie, était porté au-dessus des eaux. Alors cet esprit insuffla la vie à chaque créature selon son espèce et, en soufflant, alluma un feu en elles, de sorte que chaque créature ait en elle, selon son espèce, le feu et la vie. La viridité est l'œuvre du Verbe, mais il n'y aurait pas de viridité si cette œuvre n'était pas maintenue par le feu et la chaleur : et toute créature serait abandonnée sans consolation et se désagrègerait et s'effondrerait si elle n'était pas renforcée par le support de la vie ignée de l'Esprit » (*Les Causes et les remèdes*)

L'être humain pour Hildegarde est constitué des quatre éléments du cosmos : l'air, le feu, la terre et l'eau ; et chaque élément résulte de la combinaison de quatre énergies élémentaires : le chaud, le froid, le sec et l'humide. À cette approche des tempéraments humain et végétal – théorie antique des humeurs hippocratiques que l'on retrouve également dans la médecine chinoise –, Hildegarde ajoute une notion : la "viridité", principe qui équilibre le froid et le chaud, les tempère et fait germer la terre. Cette puissance de vie que manifeste la sève montante est présente chez tous les êtres vivants.

LA LOUANGE DE LA FÉCONDITÉ

Au travers de la viridité, cette force à l'œuvre dans la montée de la sève, qui est comme une louange adressée à la terre fertile, on peut voir combien Hildegarde est attachée à la notion de fécondité. L'émerveillement devant la maternité donne lieu chez Hildegarde à une glorification du ventre, porteur de vie. Certains ont écrit qu'Hildegarde a été fécondée par la grâce divine. On peut ajouter qu'elle a instauré dans son monastère des pratiques d'une fécondité autre que celle de la maternité, mais tout aussi vivante, vivifiante et vibrante. La beauté était invitée dans la matière des jours, l'harmonie conviée et la plénitude des cœurs, portés par l'amour et l'attention à son prochain. Un nouveau mode de vie monastique sollicitant les sens et la "fertilité" de chacune a été créé. Il intégrait les chants qui répondaient à un besoin à la fois de beauté et de transcendance, en même temps qu'ils apportaient au corps leurs bienfaits.

Dans le secret de son monastère, Hildegarde a non seulement réussi à faire scintiller ses forces mais aussi celles de ses sœurs. On y devine un féminin sacré appelé, sollicité, cultivé, nourri, soutenu comme en un cercle de femmes permanent, particulier certes, car il s'agissait de religieuses. La chasteté féconde rejoignait ici les forces vives de la femme. Une expérience dont les femmes de notre temps peuvent assurément se nourrir. Faisons la demande que chacun et chacune trouve sa viridité et apprenne à la partager avec les autres.

www.leredesfemmes.eu

Le Chœur des Anges ***Scivias, Connais les chemins*** **(1141-1151).** Première œuvre théologique d'Hildegarde, où ses visions sont retranscrites.

Emmanuel Kant

« On n'a peut-être jamais rien dit de plus sublime, ou exprimé une pensée de façon plus sublime, que dans une inscription du temple d'Isis (la mère nature) : "Je suis tout ce qui est, qui fut et qui sera, et nul mortel n'a soulevé mon voile." »

Critique de la façon de juger, 1790

@Alyssa_Milano

*« If you've been sexually harassed or assaulted write me too's as a reply to this tweet »**

15 octobre 2017

* Si vous avez été abusées ou agressées sexuellement, écrivez"moi aussi", comme réponse à ce tweet

#ME TOO

LES NOUVELLES DÉESSES ET MOI

« SI NOUS DEVONS GUÉRIR, QUE CE SOIT GLORIEUX »

PAR **FARID LOZÈS**

« Moi aussi ». « Me too ». C'est plus doux à dire et à entendre en anglais, cela sonne à l'oreille.
Au début du XXIe siècle, le 15 octobre 2017 précisément, ce « moi aussi », contracté et précédé du signe cabalistique # ajouté par l'actrice américaine Alyssa Milano, a été écrit et scandé dans 12 millions de messages et de réactions dans les premières 24 heures de son apparition sur les réseaux sociaux. Formant un chœur, une gigantesque chorale électronique planétaire dont les “initiatrices” furent des actrices américaines en rébellion contre un système de domination sexuelle masculine qui sévissait encore dans l'industrie à fantasmes qu'était Hollywood.

Quelle interprétation pourraient bien donner des archéologues du futur, une intelligence artificielle surpuissante, ou encore mieux, une civilisation extraterrestre intriguée, en découvrant ces milliards de #metoo numériques dans les quelques vestiges d'un de nos data centers, ravagés par une gigantesque tempête solaire ?

Ils comprendront sans doute qu'à ce moment de son Histoire, l'humanité se penchait encore, toujours, sur une interrogation lancinante, la résolution d'une équation millénaire : celle qui définit le rapport entre les hommes et les femmes. Celle donc qui définit l'humanité.
Et donc la femme, les femmes, leur quête de libération du joug masculin. Peut-être les archéologues du futur trouveront-ils un exemplaire de cette revue, et l'ajouteront-ils comme une infime fraction d'un des termes de l'équation immémoriale, celle qui prétendait saisir les contours d'une moitié de l'humanité sans laquelle l'autre n'est pas.
Et inversement. Ils auront évidemment compris les limites et l'infini de notre connaissance sur nous-mêmes, notre difficulté à dépasser la pensée binaire et à saisir la Totalité, simultanée et contradictoire, à nous inscrire dans la mémoire et l'Histoire, de ce qui fût et a été, comprendre ce qui est, et inventer ce qui pourrait être. « Si nous devons guérir, que ce soit glorieux », dit le poème. Tout est possible.
Pourquoi ne devrait-il pas en être ainsi ?

WE ARE THE
GRANDDAUGHTERS
OF THE WITCHES
YOU COULDN'T
BURN

Je suis un homme, aussi permettez-moi d'abuser d'un droit hérité d'une longue histoire propre à mon genre : la maîtrise du récit. Autorisez-moi à naviguer par-delà le temps de la longue histoire, avec des brisures, des omissions, des ruptures abusives et des contradictions volontaires. De ce continuum d'oxymores et de flashbacks, je ferai d'une carte un territoire...

Mon réveil eut lieu en décembre 2017, devant un replay d'Arte de la série *Top of the Lake* de Jane Campion. Un choc. Un thriller féministe, où les femmes sont à la fois compliquées, fortes, vulnérables, intelligentes, naïves... Cette manière de filmer de Jane Campion m'avait littéralement subjugué. L'étincelle. Mon incident déclencheur. Les femmes ne filment pas, ne racontent, ne sentent pas pareil. Elles filment avec nuances toutes les gammes du sensible. Et la révolution qui se jouait à Hollywood était, oui, véritablement historique. Je songeais immédiatement aux générations de gamins et de gamines qui consommaient des histoires à la chaîne et dont la socialisation passait par le récit-image. Il y avait une opportunité, une fenêtre de tir pour qu'elles envahissent pour de bon la planète cinéma, afin de nous raconter d'autres histoires, ou les raconter sous un autre angle, de manière plus fine, disons-le, plus intelligente.

J'envoyai immédiatement un SMS à mon amie Lia qui devait globe-trotter quelque part sur la planète. Lia, celle qui m'avait transféré deux mois plus tôt, le jour même de son apparition, une copie d'écran du tweet de l'actrice américaine Alyssa Milano : « If you've been sexually harassed or assaulted write "me too" as a reply to this tweet ». Entre les textos de Lia et mon réveil soudain, une force s'était mise en marche sur les réseaux sociaux. S'en suivit un échange de centaines de textos passionnés entre décembre 2017 et novembre 2018...

SORCIÈRES
Varsovie, 23 mars 2018. « Nous sommes les petites-filles des sorcières que vous n'avez pas réussi à brûler. » Entre 50 000 et 100 000 personnes ont été exécutées pour sorcellerie en Europe, principalement aux XVIe et XVIIe siècles. 85 % des condamnés étaient des femmes.

LIA, MON ANIMA

L'histoire a commencé avec Lia il y a 15 ans, dans une boîte de nuit sous l'hôtel où je résidais pour une nuit à Marrakech. J'étais en terrasse, l'air était tiède et voluptueux, les filles toutes décidément trop belles. Je finissais de relire *Le Pendule de Foucault* d'Umberto Eco quand une magnifique jeune femme, bien plus jeune que moi, m'a abordé en me déclarant que c'était un endroit bien incongru pour lire, vu que c'était un lieu de rencontres libertines. Quand je compris que les filles étaient toutes des prostituées, j'ai bafouillé « désolé, je ne suis pas intéressé ». Cela l'a fait rire aux éclats. Elle avait les pommettes saillantes, un teint mat, des lèvres ourlées et un sourire éclatant, son corps sublime mis en valeur par une robe noire moulante, mais sobre. Et une manière de s'approcher de votre visage pour planter ses prunelles dans les vôtres pour y décrypter des vérités insondables à vous-même. Elle m'a demandé mon nom, que je déclinai, je lui ai demandé le sien. Elle m'a alors laissé loisir de la nommer. J'ai fait mine de réfléchir, et l'ai baptisée du prénom de Lia. Elle a éclaté d'un rire sincère et joyeux : « Lia, comme le personnage du roman que vous lisez, celle qui détricote le délire occultiste de la maison Garamond ! ».

Je suis resté bouche bée. Elle avait visiblement lu le livre. Cela la fit rire aux éclats quelques secondes puis, se rapprochant dangereusement de moi, elle m'exposa son Plan. Elle avait noué une relation un peu trop intime avec un dignitaire du royaume qui lui avait collé aux basques deux costauds dont il fallait qu'elle se débarrasse, il ne fallait pas que je m'inquiète mais que je joue le jeu, aveuglément et en toute confiance. “Lia” fit alors une chose improbable : elle monta sur le bar, brandissant un passeport en hurlant : « J'ai le passeport diplomatique, je suis libre de mes mouvements, je suis citoyenne américaine... ». Esclandre. Bref, en cinq minutes, Lia avait posé sa marque. Et se scella ainsi une amitié de 15 ans, fondée sur un accord tacite : je ne lui demanderai jamais son vrai nom. Les années qui suivirent, nous nous sommes croisés dans le monde à une dizaine d'occasions où, par “coïncidences”, elle se trouvait au même endroit que moi, ou elle m'invitait à la rejoindre pour une soirée (billets payés) : Antananarivo, Niamey, Bamako, New York, Bruxelles, une fois à Paris. Et, très récemment, Limoges. Ces rares rencontres semblaient toujours improvisées et très courtes. Jamais amants mais nos correspondances ont été constantes.

Conteuses
New York, 20 janvier 2018. « Refaire de Margaret Atwood une fiction » Ce leitmotiv, détournant le fameux slogan « Make America great again » de Donald Trump est devenu le cri de ralliement de celles qui dénoncent "la guerre aux femmes", menée aux états-Unis par l'ultra-droite religieuse et préfigurant l'univers dystopique fictif de la Servante écarlate (The Handmaid Tale, paru en 1985) de la Canadienne Margaret Atwood, adapté en série télévisée en 2017.

NOUS SOMMES ENROULÉS COMME DEUX SERPENTS, DEUX POLARITÉS COMPLÉMENTAIRES. À ELLE LA MASCULINE, ET MOI LE FÉMININ

(F)
THIS IS
MAKE
MARGARET
ATWOOD
FICTION
AGAIN!

Une dernière chose sur Lia, et pas des moindres. Sa personnalité. Je ne l'ai jamais vue autrement que souriante. Sa beauté m'a souvent mis en situation de rivalité avec des mâles jaloux dont elle savait se débarrasser avec tact, usant de facultés que je qualifierais de mentalistes. Elle connaissait parfaitement les rouages psychologiques et cognitifs de ses contemporains. Dans nos discussions, j'ai peu à peu identifié ses traits caractéristiques : intelligence intuitive et rationnelle en parfaite harmonie. Un esprit de synthèse déroutant. Une mémoire eidétique. Elle lisait vite, et retenait tout. Chacun de nos échanges était stocké dans sa mémoire phénoménale, à la fois humble et posément fière. Ajoutons qu'elle semblait maîtriser l'art du combat martial (j'ai souvenir d'un nez masculin cassé à la vitesse de l'éclair). C'est en l'état ce qu'il suffit de savoir de “Lia” pour que je puisse dérouler mon récit. Lia, cette “amie” dont j'ai toujours caché l'existence... Comme si Lia était mon anima, ma part féminine incarnée et bienveillante. Coïncidences, synchronicité et sérendipité sont ce qui me liait à cette personne.

Une anecdote, mais d'importance : nous avions établi un code, en cas d'urgence, si l'un de nous était en détresse. « Rollo Tomasi ». Si l'un de nous le formulait, l'autre s'engageait où qu'il soit dans le monde, à venir en aide. Une cagnotte sur un compte bancaire y était dédiée. « Rollo Tomasi » fut activé deux fois. Une fois elle, une fois moi. Nous l'avons fait le même jour ! À rebours, je dirais que le romanesque de cette situation était décidément destiné à être écrit pour une publication curieuse et ouverte d'esprit. Je pense que sa venue à Limoges était destinée à me faire écrire. Je pense qu'elle s'est servie de moi en me proposant de me servir d'elle. Je pense que nous sommes enroulés comme deux serpents, deux polarités complémentaires. À elle la masculine, et moi le féminin.

VISIONNAIRES
Alice Guy-Blaché, cinéaste française et première femme réalisatrice du cinéma à l'âge de 23 ans (La Fée aux choux, 1896). Elle écrira, réalisera et produira plus de 1 000 films. Be Natural (Soyez Naturel en français), le film documentaire de Pamela B. Green sur l'histoire inédite de cette pionnière oubliée, réalisé avec le soutien des acteurs et producteurs Robert Redford et Jodie Foster, a été présenté à Cannes en mai 2018.

IMPRIMER DU TEMPS LONG

Mon appartement ressemblait à une planque d'agent secret. J'avais entrepris en ce mois de décembre 2017 d'imprimer mes échanges avec Lia, agrémentés de post-it, de photocopies, de pages déchirées dans les livres et de revues, collés sur les murs de mon appartement vide. J'ai compté : 478 fragments punaisés. Un joyeux bordel, un chaos primal auquel donner forme. Je reprenais ainsi l'idée imaginée par Jean-François Sanz, commissaire d'exposition d'*Un Autre Monde dans Notre Monde* à laquelle j'avais collaboré. Une expo sur le thème du réalisme fantastique initié par Pauwels et Bergier et qui allait donner nais-

sance à la revue *Planète*. La partie muséale de l'exposition était constituée d'un mur d'iconographie de toutes les références évoquées dans *Le Matin des magiciens*[1]. Je passais de longues heures devant le miroir de mon esprit désordonné, décrochant tel article pour le placer au-dessus de celui-ci. Je cherchais un sens. Je cherchais le fil. Mais les combinaisons étaient infinies. Et j'eus tôt fait de me perdre dans le labyrinthe des variantes. Fallait-il être ordonné, rationnel ? Ou intuitif, analogique ?

L'HUMANITÉ A BESOIN DE SYMBOLES : BRIGITTE BARDOT EN SERA LE MYTHE VIVANT

Tenez, ce texto de Lia, impeccable retranscription d'un poème trouvé dans des papyrus gnostiques, « traduits en copte au IIIe ou IVe siècle, découverts en 1945 à Nag'Hammâdi et qui donne la parole à une voix féminine, qui se nomme elle-même "Tonnerre : Esprit parfait" » :

"Car je suis la première et la dernière
Je suis l'honorée et la méprisée
Je suis la prostituée et la sainte
Je suis l'épouse et la vierge
Je suis la mère et la fille
Je suis les bras de ma mère
Je suis la stérile et nombreux sont mes fils..."[2]

Ce texto imprimé, je l'ai placé quelques jours tout en haut, à côté de la citation de Hegel sur Isis avec cette note synoptique de Lia, aussi, indice dont elle voulait imprégner son Grand œuvre :
« Les textes de Nag'Hammâdi : Autant de figures de la Grande Déesse que les actrices de cinéma incarnent. Et pourtant, les héroïnes à l'écran des histoires qui forgent nos conceptions du monde, et elles-mêmes élevées au rang de Déesses pour certaines, se sont rebellées. Nos idoles avaient dit « c'est fini ». Time is up. Malgré leur notoriété et leur puissance financière, elles aussi avaient été maltraitées et dominées. Le temps était venu de dire qu'elles s'organisaient pour ne plus subir d'agressions sexuelles en raison de ce que les hommes projetaient sur Elles. Mais peut-être que se rejouaient ici les suites d'une très longue et très vieille histoire d'avant l'Histoire, dont le puzzle restait à assembler. Commençons en 1969. »

(1) *Le Matin des Magiciens, Introduction au réalisme fantastique*, Louis Pauwels, Jacques Bergier, Gallimard, 1960.

(2) « Deuxième traité du codex VI de Nag Hammadi ». *Écrits gnostiques. La bibliothèque de Nag Hammadi*, collectif. Coll. La Pléiade, Gallimard 2007.

1969. Une révolution sexuelle est en cours en Europe et aux États-Unis. Pour la première fois dans l'Histoire, l'amour libre, la reconnaissance des sexualités non procréatrices et non conjugales s'imposent. L'émancipation sexuelle des femmes et l'égalité des sexes sont au cœur de cette révolution. L'humanité a besoin de symboles : l'actrice Brigitte Bardot en sera le mythe vivant, un sex-symbol mondial, et un nouveau modèle social depuis le film de Roger Vadim *Et Dieu créa la femme,* en 1956. La femme-enfant s'est transformée en femme fatale. Ses apparitions déclenchent des scènes d'hystérie collectives. Les jupes raccourcissent et se font mini. Le corps de la femme se dévoile dans la mode et sur le grand écran. La tentation d'arracher le voile d'Isis était grande, mais restait contenue dans les règles de l'érotisme...

C'est dans ce contexte que le 29 octobre 1969, à l'université de Californie, à Los Angeles, dans le quartier de Westwood, l'étudiant Charley Kline assiste son professeur Léonard Kleinrock dans l'envoi du premier message de l'humanité entre deux ordinateurs distants de 630 kilomètres. Le message à envoyer est LOG. Sur l'écran de l'université de Stanford, en Californie toujours, deux lettres apparaissent : LO. Puis le système plante. Le premier message internet fut donc un mot incomplet, il manquait une lettre. Les applications de ce système de communication informatique avaient été prophétisées l'année précédente par l'écrivain Arthur C. Clarke dans la novélisation du film écrit avec Stanley Kubrick – *2001, l'Odyssée de l'espace* –, sorti la même année : « Il se trouvait en plein espace, s'éloignant de la Terre à des milliers de mille à l'heure, et pourtant en quelques fractions de seconde, il lui était possible de consulter n'importe quel journal. Le mot même de journal était une survivance anachronique en cet âge électronique. Le texte se modifiait d'heure en heure. Même en ne lisant que la version anglaise, on pouvait passer sa vie entière à absorber le flot, sans cesse changeant, des informations retransmises par satellites ».(3)

LA GUERRE DES ÉTOILES ?

Un demi-siècle plus tard, ce qui était anticipation était devenu réalité, et c'est sur ce réseau que #metoo se diffuse comme une traînée de poudre. La mèche allumée plusieurs millénaires auparavant. Continuons le fil de notre histoire... Sautons les années, jusqu'à Tarana Burke. Tarana Burke ? Modeste travailleuse sociale noire américaine originaire de Harlem, miss Burke fonda la structure Just Be Inc. Pour sensibiliser les jeunes femmes new-yorkaises marginalisées aux problématiques de santé et de bien-être. Nous sommes en 2007. Dix ans

(3) *2001, L'Odyssée de l'espace*, Arthur C. Clarke. Robert Laffont, 1968.

avant Alyssa Milano. Tarana Burke lance le "Me Too Movement", une initiative sociale de soutien aux victimes d'agressions sexuelles dans les quartiers pauvres. Tarana se définit comme une "survivante" d'une telle agression. Ce premier Me Too prônait la sororité résiliente, l'écoute bienveillante des femmes pour transcender leur statut de victime, résister aux oppressions, reprendre le pouvoir de leur existence, s'accepter par le pouvoir de la résilience et agir. Tarana Burke avait nommé ces armes de reconstruction l'"Empowerment through empathy" (l'autonomisation par la compassion).

Bling. Texto. Lia compléta ainsi : « Dix ans après, par la conjonction d'enquêtes simultanées des deux plus grands journaux new-yorkais – The New York Times et le New Yorker – qui allaient mettre fin au silence qui entouraient les abus sexuels d'un des plus puissants producteurs d'Hollywood, Harvey Weinstein, les actrices hollywoodiennes s'emparent de "Empowerment through empathy" et du "Me Too" de Tarana Burke. »[4][5]

C'ÉTAIT LA GUERRE DES ÉTOILES À HOLLYWOOD. ET C'EST À CET INSTANT DU RÉCIT QUE L'ON PARLE DE RÉBELLION

Ces enquêtes journalistiques sur les pratiques de domination masculine dans le milieu où se fabriquent les histoires au cinéma ont rencontré de puissants obstacles. Pour empêcher les révélations des actrices comme Ashley Judd, Asia Argento et surtout la très courageuse actrice punk Rose McGowan, Harvey Weinstein avait fait appel à la société de renseignements Black Cube dont l'activité consistait à dissuader ces dernières de témoigner en récoltant des informations compromettantes et à les intimider par l'intermédiaire d'espion.ne.s sous fausses identités. Telle "Anna", surnom d'une ancienne officière de l'armée de l'air israélienne d'origine yougoslave, Stella Penn Pechanac. C'était la guerre des étoiles à Hollywood. Et c'est à cet instant du récit que l'on parle de rébellion.[6]

C'est ainsi que durant onze mois, nous avons échangé et chroniqué le mouvement #Metoo, #womenmarch, mais aussi son corollaire latino-américain parti d'Espagne avec les hashtags #lamanada #cuentalo #yositecro... #olafeminista, #mareaverde, #abortolegalya qui allaient soulever des dizaines de milliers de femmes. Pour mieux cerner l'ampleur de ce mouvement de révolte, Lia a créé des pages confiden-

(4) Jodi Kantor et Megan Twohey, « Harvey Weinstein Paid Off Sexual Harassment Accusers for Decades », *New York Times*, 5 octobre 2017.

tielles facebook, twitter, instagram, travaillant sans relâche à me partager des informations pertinentes. J'étais à court financièrement pour acheter les cartouches d'encre nécessaires à l'impression de ces revues de presse ? Elle opérait un virement sur mon compte. Peu à peu, mon appartement se couvrit d'un papier peint de slogans féministes en anglais, français et espagnol. C'est à ce moment précis que Lia disparut de mes radars. Filoute.

Je me replongeais dans ces textos pour y discerner un schéma. M'écrivait-elle spontanément au grès de ses fulgurances, ou me mettait-elle sur la voie d'un cheminement intellectuel dont elle avait tracé le point d'arrivée dès sa première prise de contact ? La connaissant, la deuxième option me semblait la plus pertinente, et la plus inconfortable pour moi. Car elle m'obligeait à me dépasser. En replongeant dans ces textos, je remarquai que revenaient des occurrences auxquelles je n'avais pas accordé d'attention. Sans liens avec nos discussions, je les avais écartées. Mais elles se répétaient toujours trois fois. "Eyes Wide Shut". "Colère". "Beyoncé".

Peut-être ces occurrences étaient-elles le fruit de mon esprit ? Peut-être Lia manipulait-elle ma conscience ? Je contemplai le post-it "Eyes Wide Shut" des jours durant. Je regardai des vidéos de Beyoncé, artiste dont j'exécrais la musique. Et peu à peu, je commençais à comprendre où Lia voulait me guider. C'était donc la guerre des étoiles à Hollywood. Mais cette guerre avait commencé il y a longtemps. Pas si longtemps en fait. Et dans une galaxie pas si lointaine... à Santa Barbara, en Californie, encore, en avril 2000. Avec Allison Anders.

L'AUBE DES RÉALISATRICES

Travelling arrière. Nous sommes en avril 1999. La réalisatrice indépendante Allison Anders est anéantie, frustrée et furieuse de la marginalisation des femmes dans le cinéma. Anéantie d'apprendre que la réalisatrice Dorothy Davenport Reid (1895-1977), réalisatrice acclamée dans les années 1920, était décédée dans l'anonymat, « pratiquement dans ma cour, à Woodland Hills », confie-t-elle à la journaliste et historienne du cinéma Cari Beauchamp.[7]

(5) Ronan Farrow, « From Aggressive Overtures to Sexual Assault : Harvey Weinstein's Accusers Tell Their Stories », *The New Yorker*, 10 octobre 2017.

(6) Ronan Farrow, « Harvey Weinstein's army of spies » *The New Yorker*, 6 novembre 2017.

(7) Cari Beauchamp, « 100 Women, One Hotel, and the Weekend Retreat That Presaged Time's Up By 18 Years » *Vanity Fair*, 30 janvier 2018.

À l'aube du cinéma, des dizaines de femmes réalisatrices s'étaient en effet épanouies à Hollywood, liées par une sororité personnelle et professionnelle. Avant 1925, près de la moitié des films étaient écrits par des femmes. Mais au tournant des années 1930, la réalisation de films est devenue une industrie, les budgets ont triplé. Wall Street avait lourdement investi dans le cinéma et les femmes ont été littéralement éjectées de cette industrie naissante. Tombées dans l'oubli, à l'image de l'Américaine Lois Weber ou de la Française Alice Guy-Blaché.

Travelling arrière. En 1895, Alice Guy, Française de 21 ans, secrétaire de Léon Gaumont, alors vendeur d'appareils photo, assiste à l'une des toutes premières projections privées des frères Lumière. Cela déclenche en elle l'envie de raconter des histoires. En 1896, elle réalise donc *La Fée aux choux*, un petit film muet d'une minute qui semblerait être le plus ancien film de fiction jamais tourné. Alice Guy inventera l'un des premiers films avec un gros plan, réalisera des films en son synchronisé dès 1902 et aura le mérite du développement du studio de production Gaumont à Paris. En 1907, Léon Gaumont envoie Alice Guy et son mari Herbert Blaché aux États-Unis pour développer les activités de Gaumont. Elle y marque une nouvelle fois l'histoire du cinéma en fondant sa propre société de production, Solax. En 1910, elle construit ses studios à Fort Lee, dans le New Jersey, l'ancêtre d'Hollywood, non loin de ceux de Carl Laemmle, fondateur des studios Universal. Alice Guy-Blaché poursuivra son travail de pionnière en donnant à des femmes les rôles principaux de ses films d'action où elles feront leurs propres cascades. Elle tournera aussi le premier film au casting 100 % afro-américain connu à ce jour. Près de mille films en 20 ans de carrière. Mais Alice Guy-Blaché est tombée dans les oubliettes de l'Histoire.

AVANT 1925, PRÈS DE LA MOITIÉ DES FILMS ÉTAIENT ÉCRITS PAR DES FEMMES

LE MANIFESTE DES 50/50

C'est en prenant conscience de cette réalité historique que la réalisatrice Allison Anders a donc l'idée, en 1999, d'organiser un “Sommet des femmes réalisatrices”. Elle a envoyé un courrier électronique à une douzaine d'amies pour leur demander si elles ressentaient la même chose. Elles pensaient la même chose. Pourquoi ne pas se réunir et passer un week-end à s'exprimer et à élaborer des stratégies pour « ce qui doit se passer ensuite » ? Ce conclave informel d'avril 2000, organisé à l'hôtel "Miramar", un hôtel délabré situé entre le Pacifique et la voie ferrée de Santa Barbara, où Allison Anders se réfugiait parfois pour écrire, "covent" monté sans moyen financier, ni soutien d'organisations professionnelles, marquera ses participantes d'une manière que peu de gens réalisent encore.

Pourquoi les réalisatrices d'Hollywood n'étaient-elles pas au courant de l'histoire des pionnières qui les avaient précédées ? Pourquoi le succès d'une femme qui réussissait, était-il perçu comme une exception ? Pourquoi avaient-elles tant de mal à faire produire leurs films alors que les hommes, même après un flop, pouvaient continuer à être produits ?
Cent réalisatrices se réunirent donc durant trois jours. Certaines étaient amies, mais la plupart ne se connaissaient que de réputation. Le vendredi après-midi et la soirée furent l'occasion de rencontres, dans une atmosphère "secure" pleine de camaraderie féminine et de franchise. On y visionna des VHS des pionnières. Le slogan était : « Nous ne sommes pas des victimes, nous sommes des survivantes ». Le samedi fut présenté comme "une journée de solutions" couvrant tous les aspects des défis professionnels auxquels les réalisatrices étaient confrontées.

Une histoire universelle s'est jouée sur la plage, dans les chambres, et la salle de conférence du Miramar. Obstacles, harcèlement, pillage intellectuel, inégalités, rêves brisés... Témoignage après témoignage, des situations que, jusque-là, beaucoup pensaient être les seules à avoir vécues. Progressivement apparut l'évidence : les obstacles dressés devant elles n'étaient pas personnels, mais systémiques. Le dimanche fut consacré aux prochaines étapes. Il leur fallait d'abord se choisir un nom. Elles ont opté pour "50/50". L'autre conclusion : continuer les réunions. Les mois qui suivirent – dans des ranches, des maisons à New York et en Californie – ces rassemblements 50/50 continuèrent. Puis s'étiolèrent. Et enfin s'effondrèrent, faute de personnel, de financements et des exigences professionnelles de chacune...
Aujourd'hui encore, les participantes qui rencontrent de jeunes réalisatrices au regard incrédule se voient répondre : « Vous étiez à Miramar ! » Un mythe était né dans la communauté des femmes réalisatrices d'Hollywood. 18 ans plus tard, les jalons posés par ce week-end à Santa Barbara et la saine colère d'Allison Anders prenaient corps à travers Time's Up.

POST-IT : #METOO OU TIME'S UP ?

La tempête #metoo déclenchée par les actrices américaines devait aboutir à une action concrète. « Les gens ont été touchés de manière si viscérale », témoigne une modératrice des réunions Time's Up, débutées en octobre dès la publication des articles du *New York Times* et du *New Yorker.* « Ils ne sont pas venus ensemble parce qu'ils voulaient se plaindre ou raconter une histoire. Ils sont venus ensemble parce qu'ils avaient l'intention d'agir. Il y avait presque une férocité à cela, surtout lors des premières réunions ». Très rapidement, le groupe s'est étendu à des dizaines de participantes, puis à 150, et a doublé avec le ralliement des actrices de New York et de Londres.

Trois cents actrices et agents de renommée, écrivain(e)s, réalisateurs et réalisatrices, producteurs et productrices et responsables de sociétés du spectacle se sont réunis pendant plusieurs semaines pour accoucher d'une ambitieuse initiative visant à lutter contre le harcèlement sexuel systémique à Hollywood, mais aussi à l'échelle nationale. Car la première critique que l'on pouvait adresser au mouvement #MeToo, c'est d'avoir pris médiatiquement parce qu'il concernait de riches comédiennes, alors que les problèmes des femmes de la classe ouvrière étaient négligés.

LA TEMPÊTE #METOO DÉCLENCHÉE PAR LES ACTRICES AMÉRICAINES DEVAIENT ABOUTIR À UNE ACTION CONCRÈTE

Pourtant, en novembre 2017, une lettre ouverte d'un puissant syndicat ouvrier, publiée au nom des 700 000 travailleuses agricoles (essentiellement latino-américaines de Californie), déclarait qu'elles se tenaient aux côtés des actrices hollywoodiennes dans leur lutte contre les abus. « Chères Sœurs, (...) Nous ne travaillons pas sous des lumières de la scène ou sur grand écran. Nous travaillons dans l'ombre de la société, dans des champs isolés et des lieux invisibles pour la plupart des gens. Votre travail nourrit les âmes, remplit les cœurs et répand la joie. Notre travail nourrit le pays avec les fruits, les légumes et d'autres cultures que nous plantons, cueillons et emballons. [...] Nous vous croyons et nous tenons debout à vos côtés. En solidarité. »(8)

Ce soutien a renforcé les membres de Time's Up dans leur détermination à concrétiser leur effort au-delà d'Hollywood. « Si ce groupe de femmes ne peut pas se battre pour un modèle pour d'autres femmes qui n'ont pas autant de pouvoir et de privilèges, alors qui peut ? », déclarait Shonda Rhimes, célèbre productrice exécutive de séries télévisées, étroitement impliquée dans le groupe ... et ancienne participante du week-end du Miramar !

Le 1er janvier 2018 s'ouvrit donc dans un esprit de sororité : la déclaration de l'existence légale de Time's Up dont l'action comprenait un fonds de défense juridique pour aider les femmes moins privilégiées à se prémunir contre les inconduites sexuelles et les conséquences de leur dénonciation ; des actions visant à pénaliser les entreprises qui tolèrent le harcèlement persistant et à décourager le recours à des accords de confidentialité ; un puissant lobbying pour la parité hommes-femmes dans les studios et les agences artistiques.
Cette déclaration s'accompagnait d'une réponse directe à la lettre ouverte des travailleuses agricoles, publiée sur une pleine page du *New York Times* et dans le journal en langue espagnole *La Opinion*. La lettre commençait par « Chères Sœurs » et se terminait par « solidairement » :
« Nous vous écrivons au nom de quelque 300 femmes qui travaillent dans des films, à la télévision ou au théâtre. [...] À vous, travailleuses agricoles de notre pays, nous voulons dire que nous vous voyons, nous vous remercions, et nous sommes conscientes de ce poids lourd de cette expérience commune, celle d'être des proies sexuelles et exploitées par les puissants qui abusent de leur pouvoir en nous menaçant physiquement et économiquement. [...] Nous incitons vivement les médias qui couvrent les révélations de personnalités d'Hollywood à consacrer autant de temps à la myriade d'expériences vécues par des personnes employées dans des secteurs moins glamour et valorisés. »[9]

La création de Time's Up ne fut pas aisée, elle entraîna discussions et dissensions. Mais l'échec n'était pas une option. Sans leader, dirigé par des volontaires et organisé en groupes de travail, un groupe a supervisé la création d'une commission, chargée de créer un plan directeur pour mettre fin au harcèlement sexuel dans le secteur du spectacle. Un autre a veillé à ce que les minorités et les gays, lesbiennes, bisexuels et transgenres soient entendus. Un troisième – 50/50by2020 (Miramar again) – a poussé les entreprises de divertissement à accepter d'atteindre la parité des sexes d'ici à deux ans, et prétendre dès le mois de décembre 2017 à une victoire. « Nous venons d'arriver à cette conclusion dans notre tête que, bon sang, tout est possible [...] Pourquoi ne devrait-il pas en être ainsi ? », déclara Shonda Rhimes en jan-

(8) « Alianza Nacional de Campesinas, 700,000 Female Farmworkers Say They Stand With Hollywood Actors Against Sexual Assault », *Time*, 10 nov 2017.

(9) « Open letter from Time's Up », *New York Times* 1er janv 2018

vier 2018. Trois mois venaient de s'écouler depuis les révélations en cascade d'abus sexuels dans toutes les strates de la société américaine.

EN FRANCE, PAYS FIER DE SA LITTÉRATURE, IL SE TROUVA CURIEUSEMENT TRADUIT EN #BALANCETONPORC

LA GUERRE DES GENRES ?

Toute l'année 2018, d'innombrables débats surgirent dans les pays occidentaux et au-delà. #metoo se déclina dans toutes les langues. En France, pays fier de sa littérature, il se trouva curieusement traduit en #balancetonporc… et c'est peut-être la raison pour laquelle le débat ici s'enlisa dans le lisier médiatique. Moins poli que #metoo, #balancetonporc n'invitait plus seulement au témoignage, mais invitait inconsciemment à la délation sans preuve, par-delà les règles de l'État de droit, mélangeant implicitement et sans distinction, viols, harcèlement, gestes déplacés, insultes vulgaires sans lendemain ou regards trop concupiscents. Il donna ainsi des armes aux détracteurs de #metoo, du moins contre celles qui s'en sont fait(e)s les égéries ou les chantres.

Ils sont nombreux les adversaires de #metoo. Car tous les groupes militants féministes et leurs contradicteurs s'étaient invités dans la danse. Avec leurs théories, leurs slogans, leurs agendas politiques, leurs méthodes de lutte, dans une farandole de sous-chapelles ayant chacune sa propre définition du féminisme.

Il faudra à nos archéologues du futur une pierre de Rosette pour saisir les variantes du féminisme, incontestablement l'un des plus grands mouvements sociaux du XXe siècle, traversé par divers courants d'idées, de lexiques et de sigles, à l'opposé d'un bloc homogène. Le féminisme n'est pas le monolithe noir et lisse de *2001, l'Odyssée de l'espace* : gender studies, queer, féminisme essentialiste, constructiviste, intersectionnel, islamique, black feminism, afroféminisme, féminisme radical, féminisme matérialiste, white feminism, abolitionniste, écoféminisme, TERF (Trans-exclusionnary radical feminist). La liste est longue. Le féminisme peut être défini comme une prise de conscience d'abord individuelle, puis collective, suivie d'une révolte contre l'état des rapports entre sexes et la position subordonnée que les femmes occupent dans une société donnée, à un moment donné. À la fois analyses et élaborations conceptuelles des moyens de lutte, pour changer ces rapports.

La guerre entre les différents courants de pensée s'effectua aussi par tribunes médiatiques interposées, aux enjeux parfois déroutants. L'une d'elles, la tribune "Catherine Deneuve" ; du nom de la célèbre actrice, l'une des cent signataires de cette tribune, de loin la plus connue ; a créé la polémique et s'est exportée jusqu'à l'étranger. Explications, excuses, contre-tribunes... On y retrouve les mêmes controverses et les mêmes plumes savantes que lors de l'affaire DSK.[10]

C'était la guerre à Hollywood, c'était la guerre entre féministes dans les médias. C'était aussi la guerre dans les universités. La brèche ouverte par #metoo ouvrit une nouvelle guerre larvée qui travaillait un champ des sciences sociales, les études de genre (gender studies) qui avaient théorisé que c'était l'éducation qui faisait l'homme ou la femme. Ce sempiternel débat entre l'inné et l'acquis, appliqué au genre, par glissements successifs de sens, avait pris une tournure très idéologique. Si bien que sur les campus universitaires américains où s'était épanouie la révolution sexuelle des années 60-70, les abus de logique déductive avaient eu les mêmes effets que celle de substance récréative : l'ouverture de conscience avait muté en rupture avec la réalité. Et la recherche scientifique mutée en volonté militante d'effacer, au sens strict, toutes les frontières. Tout particulièrement celle de la dualité des sexes.
C'était la guerre des mots et des concepts. La catégorisation n'était plus la base de la connaissance. L'humanité s'était constituée par la mise en place de limites et de frontières. Tout l'édifice de la connaissance, par le langage et la pensée rationnelle (le logos), établie sur la distinction pour nommer et penser la diversité des choses, s'effaçait.

#Metoo, mouvement de témoignages spontanés de femmes « survivantes », invitait dorénavant toutes les revendications victimaires des minorités sexuelles (queers, transgenres) qui entendaient être reconnues comme des victimes du système de domination masculine hétérosexuelle. On imagine alors combien, outre-Atlantique, a dû être difficile la constitution du mouvement Time's Up, clairement inspiré par le féminisme intersectionnel[11], tendance afro-féminisme.

(10) Lire à ce sujet Eric Fassin, « Féminisme à la française : avec ou sans guillemets ? », *Raisons politiques* n° 46, 2012. Publié six ans avant #metoo, on y ergote et polémique déjà sur la « French Seduction Theory » et « la surprise délicieuse des baisers volés », comme on polémiquera en 2018 sur « la liberté d'importuner ». Un monceau de littérature abscons mais révélateur de son temps.

« SI NOUS DEVONS GUÉRIR, QUE CE SOIT GLORIEUX »

C'est la raison pour laquelle les femmes de couleur furent si actives. L'apex du mouvement Time's Up fut la soirée des Golden Globes du 7 janvier 2018. Le mouvement naissant avait donné pour consigne le port d'une robe noire, largement suivie. L'animatrice et productrice de télévision noire américaine, la milliardaire Oprah Winfrey, venait y recevoir son Cecil B. DeMille Award des mains de son amie, la puissante actrice et productrice Reese Whiterspoon dont le visage candide et la blondeur masquaient la combativité dans le mouvement et l'organisation de la rébellion. Rébellion qui avait omis d'inviter les actrices les plus exposées : Rose McGowan et Asia Argento.

Oprah Winfrey eut à peine un regard pour son prix, préférant entamer sans notes avec les talents d'une impératrice qui harangue ses troupes, une longue et brillante diatribe digne d'un discours présidentiel (au point que certains se demandèrent si…). Ce furent neuf minutes sublimes : « Dire notre vérité est l'outil le plus puissant que nous ayons. Dans ma carrière, ce que j'ai toujours tenté de faire de mon mieux, que ce soit à la télévision ou au cinéma, c'est de dire quelque chose sur le comportement réel des hommes et des femmes. De dire comment nous ressentons la honte, comment nous aimons et comment nous rageons, comment nous échouons, comment nous reculons, persévérons et comment nous surmontons l'adversité. J'ai interviewé et incarné des gens qui ont résisté à certaines des choses les plus laides que la vie puisse vous imposer, mais la seule qualité qu'ils semblent avoir en commun est leur capacité à garder l'espoir d'une matinée plus radieuse, même durant nos nuits les plus sombres. Donc, je veux que toutes les fillettes qui regardent ici, maintenant, sachent qu'une nouvelle journée est à l'horizon ! Et quand ce nouveau jour se lèvera enfin, ce sera à cause de beaucoup de femmes magnifiques, dont beaucoup sont ici dans cette salle ce soir – et de quelques hommes assez phénoménaux – qui luttent pour s'assurer de devenir les leaders qui nous amèneront à l'époque où personne n'aura plus jamais à redire "Moi aussi". » L'ovation qui suivit, debout, et les larmes qui coulèrent sur les visages dans la salle de cérémonie du Beverly Hilton n'étaient pas feintes. Oprah Winfrey, la petite fille violée par plusieurs membres et un ami de sa propre famille dès l'âge de neuf ans, celle qui avait interprété Sofia dans *La Couleur pourpre* de Steven Spielberg, avait toute légitimité ce soir-là à représenter le féminisme intersectionnel porté par Time's Up.

(11) Le principe d'intersectionnalité affirme que des personnes peuvent subir une double forme de domination dans une société (selon le genre, la classe sociale, les origines, l'orientation sexuelle ou le handicap). Ce concept fut théorisé en 1991 par une universitaire américaine, Kimberlé Crenshaw, dans un article intitulé « Cartographie des marges : Intersectionnalité, politiques de l'identité et violences contre les femmes de couleur » *Mapping the Margins*, Stanford Law Review, Vol. 43, No. 6, Jul., 1991.

> OPRAH WINFREY EUT À PEINE UN REGARD POUR SON PRIX, PRÉFÉRANT ENTAMER SANS NOTES

Zoom arrière à nouveau. En 2011, au Chicago's United Center. On y fête l'anniversaire des 25 ans de télévision d'Oprah Winfrey. La productrice et chanteuse Beyoncé lui dédie une prestation scénique parfaite devant 20 000 spectateurs enflammés, au premier rang desquels, aux côtés d' "Oprah", se tient Tom Cruise, acteur symbole flamboyant d'une certaine conception du héros masculin. « Who run the world ? Girls ! Who run the world ? Girls ! », scandait Beyoncé. Lia m'avait envoyé cette vidéo. Je crois avoir proféré un juron. Pourquoi me mettait-elle Beyoncé dans les pattes ? C'est d'ailleurs la question que je lui ai posée...

Sa réponse se résuma en une photo du buste de Néfertiti. Puis une autre, celle de Beyoncé coiffée d'une toque similaire. Puis une photo de Nicole Kidman et de Tom Cruise extraite de *Eyes Wide Shut*.
Puis plus rien...

Je restai songeur. Son anthropologie visuelle avait activé une zone de mon cerveau. Je contemplai mon mur d'images. Punaisant Beyoncé et les clichés de *Eyes Wide Shut* au-dessus de ma fresque. Le soir, je me suis permis de faire la fête avec des amis. Les bières me firent un effet bizarre. Une intuition sourdait. Je me suis isolé du groupe, mis le casque sur les oreilles et écouté une musique de Max Richter... et là, tout m'est apparu clairement.

Je me suis rappelé les errances du personnage de Tom Cruise dans *Eyes Wide Shut* après la dispute avec sa femme. J'ai compris pourquoi Kubrick nous léguait ce film en 1999, la dernière année du XXe siècle. Je me suis rappelé de la scène où le personnage interprété par Sydney Pollack, un "maître du monde", un Harvey Weinstein en puissance, remontait sa braguette devant le corps inanimé d'une prostituée en overdose qu'il venait probablement d'abuser, inconsciente... Tout m'est venu par fulgurance et symbole. Je me suis réveillé à l'hôpital. Malaise. Perfusion. Glucose. Retour à la planque. Je me décidais à attaquer la question Beyoncé. La résolution du rébus fut facile, dès lors que j'avais fait sauter les verrous psychologiques.

LA REINE NOIRE

Un an plus tôt ou presque, dans la nuit du 12 au 13 février 2017, Queen Beyoncé était apparue. Vêtue d'une longue robe dorée, coiffée d'une immense couronne, reprenant tous les codes de la madone noire, enceinte de ses jumeaux... Elle était apparue pour une prestation de dix minutes à la cérémonie des Grammy Awards. Elle y déclama des poèmes de Warsan Shire, une poétesse britannique d'origine somalienne : « Baptisez-moi, maintenant que la réconciliation est possible. Si nous devons guérir, que ce soit glorieux. Mille filles lèvent les bras. Vous souvenez-vous d'être né ? Êtes-vous reconnaissant pour les hanches qui ont craqué ? Le velours profond de ta mère et de sa mère et de sa mère ? Il y a une malédiction qui sera brisée. »

Mythe et objet d'adoration. Quoi qu'on ait pensé de sa musique, Beyoncé avait déjà accédé à ce statut. Elle était le sex-symbol du début du XXIe siècle, la Grande Déesse. Ses paroles engagées et ses slogans féministes s'affichaient en lettres immenses sur les écrans géants de ses concerts, bien avant le mouvement #metoo. Un simple argument marketing ? Un pur produit de l'industrie de l'entertainment et de la mode pouvait-il incarner la libération féminine ? La réponse m'apparaissait en gros caractères : parce qu'elle était très intelligente. Elle maniait les codes comme Lia savait les décoder.

REINES
La pop-star Beyoncé Giselle Knowles lors du show Coachella Festival 14 avril 2018. Sa coiffe et sa tenue, conçues par la maison de haute couture Balmain, reprennent les codes vestimentaires de l'épouse royale du pharaon Akhenaton, Néfertiti, à la beauté légendaire et dont le nom signifie « la belle est venue » ou « la parfaite est arrivée ».

Avril 2018, pour "Queen B.", c'est la consécration. Première femme noire invitée du prestigieux festival de Coachella, Beyoncé offre deux week-ends de suite des prestations hallucinantes. L'introduction met en scène la chanteuse vêtue d'une cape et d'une coiffe évoquant une reine antique, sceptre à la main. Les motifs de son costume affichent des symboles ésotériques. Sa coiffe et sa cape, minutieusement conçues et fabriquées avec Olivier Rousteing, directeur de la création de la maison de couture française Balmain, confèrent au costume sa charge politique et ses références explicites à la reine Néfertiti. Ainsi parée, suivie d'une cour de black panthers longilignes et sexy, Beyoncé accédait au sommet d'une pyramide emplie de 150 danseurs et de musiciens dont l'imposante section cuivre évoquait les trompettes bibliques. Je passai plusieurs jours à décortiquer la carrière de Beyoncé et dus me rendre à l'évidence : la chanteuse emplissait ses concerts de codes explicites et militants pour le black power féministe. Indéniablement, Beyoncé Giselle Knowles, artiste, femme d'affaires et meilleure showgirl de son temps maniait depuis

15 ans les symboles et en connaissait la signification profonde. Clip après clip, concert après concert, "Queen B." accomplissait pas à pas son plan. Son corps et sa voix étaient une machine de guerre. Elle était l'incarnation la plus désirable du féminisme intersectionnel.Et à 36 ans, à Coachella, elle avait atteint le sommet de la pyramide.

MÈRE OU PUTAIN ?

Nos archéologues du futur ne manqueront pas de remarquer que dans le flot ininterrompu de données de cette époque troublée, cette vidéo de Queen B. enceinte se trouvait introuvable en 2019 sur le réseau internet. De quoi était-ce le signe ? Quelle malédiction devait être brisée ?Pourquoi ne voulait-on garder de Beyoncé la mémoire de sa maternité ? Était-ce un affront à une règle implicite ? Beyoncé devait-elle être uniquement mince et sexy ?

Si, indéniablement, ses tenues et ses danses explicitement érotiques pouvaient être appréciées comme une geste artistique, elles incarnaient à merveille les contradictions d'une époque schizophrène qui n'avait jamais offert autant de chairs féminines en pâture aux regards masculins. Sans doute la révolte des actrices et réalisatrices allait-elle participer à offrir d'autres histoires à raconter, d'autres films à montrer. Mais les deux industries puissantes de la mode et de la pornographie propageaient les stéréotypes du mannequin-star que les jeunes femmes rêvaient d'être, et celui de la putain que les hommes fantasmaient. Peut-être que le corps enceint de Beyoncé rappelait aux femmes que la maternité déformait ce corps qu'on désirait parfait. Et aux hommes que les femmes qu'ils fantasmaient pouvaient être aussi une sœur ou une maman.

LE VELOURS PROFOND DE TA MÈRE ET DE SA MÈRE ET DE SA MÈRE ? IL Y A UNE MALÉDICTION QUI SERA BRISÉE

Industrie de la beauté et industrie du sexe : c'étaient celles où s'exerçait la pire des dominations sexuelles. Dans certains secteurs de cette production, nous n'étions pas loin de la traite des blanches. Quant aux travailleuses du sexe, elles restaient ignorées, caricaturées et totalement exclues du mouvement #metoo. « Et la femme occidentale de se retrouver dans cette situation plus qu'étrange : au nom de la liberté dans les trois cas, on l'incite d'abord, à dépenser tout son argent pour se faire belle, ensuite à se considérer comme l'égale de son copain ou de son conjoint, et enfin, à accepter qu'il se masturbe en regardant des images de viol sur Internet », écrit en 2012 l'essayiste et romancière féministe Nancy Huston dans *Reflets dans un œil d'homme.* Nancy Huston y explore les tensions contradictoires de nos sociétés qui d'un même mouvement veulent abolir la différence entre les sexes, tout en exacerbant l'exploitation du pouvoir érotique féminin. #MeToo marquait une volonté de rupture symbolique avec une séduction de coercition présentée dans la littérature, comme une chose délicieuse et inconsciemment désirée. Comme si les femmes, de par les siècles, avaient été "ravies", et tiré jouissance de leur enlèvement. Jamais la représentation du viol n'avait été livrée avec autant de liberté et d'impunité qu'à travers l'inouïe violence de l'Internet et sa pornographie outrageusement commerciale.[12]

JAMAIS LA REPRÉSENTATION DU VIOL N'AVAIT ÉTÉ LIVRÉE AVEC AUTANT DE LIBERTÉ ET D'IMPUNITÉ QU'À TRAVERS L'INOUÏE VIOLENCE DE L'INTERNET

Novembre 2018. Lia restait silencieuse. Je regarde tous ses articles de presse, ses photos, ses photocopies et prends conscience de la folie dans laquelle je me suis laissé embarquer. J'ai envie d'arracher mon papier peint et sa fresque punaisée pour mettre à nu l'ossature historique et les vieilles poutres soutenant mon appartement bicentenaire. Un sentiment de panique. Je m'apprête à lancer mon « Rollo Tomasi » de secours à Lia. Sur l'écran de mon smartphone, un sms non lu de Lia. « Rollo Tomasi », écrit-elle. « Je suis à Limoges. Dis-moi que tu es là. »Elle venait de Suisse. Elle avait reçu les images de sa maison californienne dévastée par les incendies. Ses souvenirs, son petit ranch et ses deux chevaux étaient morts. Ses collines verdoyantes étaient dorénavant couleur cendre. Il aurait fallu qu'elle rentre pour les assurances, mais à quoi bon ? Elle se serait retrouvée sur les routes au milieu des réfugiés et de la noria des secours débordés. Tout cela pouvait attendre. Elle finit sa phrase sur le seuil de ma porte en se jetant dans mes bras, avec des larmes rondes qui dévalaient son visage bronzé. Jean serré, chaussures de rando en cuir marron et parka de montagne ceintrée. Elle se taisait, yeux verts écarquillés, décryptant la fresque qui s'étalait sur mon grand mur. Son doigt parcourait les liens invisibles que j'avais tissés entre les cent sujets désordonnés. Elle m'adressa un immense sourire. « Ça, c'est exactement ce dont j'avais besoin ».

(12) Voir le documentaire *Pornocratie, les nouvelles multinationales du sexe* (77', 2017), réalisé par Ovidie.

Les pupilles ultra dilatées, comme pour laisser passer une information-lumière, elle éplucha mes lectures, survolant les citations surlignées et reclassant mes coupures dispersées, les agençant selon un schéma mystérieux. Fasciné, je regardai cette improbable mécanique déployer son génie par des gestes vifs et assurés. Trop près du mur, je n'ai pas immédiatement perçu la géométrie. Ce n'est qu'avec quelques pas en arrière que je vis le motif se dessiner. Deux pyramides se constituaient clairement, côte à côte. Elle décrocha alors la photo d'*Eyes Wide Shut* et partit dans un long monologue. Je ne saurais restituer le discours de sa prodigieuse démonstration. Je me rappelle seulement que cela a duré sept heures.

Lia posait des faits. Lia argumentait. Lia faisait le liant. Lia parlait d'incident déclencheur. Celui d'*Eyes Wide Shut* de Kubrick. Nicole Kidman et Tom Cruise fument un joint et se racontent leur soirée passée. Les acteurs de la scène sont mariés à la ville comme à l'écran. Dans la scène, l'homme dit à la femme qu'il n'est pas comme les autres, qu'il ne regarde pas les femmes avec concupiscence. Alice Hartford, sous l'effet du joint veut en découdre avec les affirmations de son mari... Le ton monte. Et sa colère émascule le bonhomme qui passe le reste du film à se poser des questions sur sa fonction masculine... Lia prend l'exemple de cette scène pour dire que les hommes sont fragiles, car construits sur des idées fausses de leur pouvoir. Et que les disputes conjugales sont révélatrices de cette faiblesse.

Les femmes paraissent irrationnelles dans la colère tant elles sont dévastatrices. C'est à la fierté masculine qu'elles s'attaquent. Cette colère est lointaine, inscrite comme un marqueur biologique dans le cerveau des femmes. Il n'en a pas toujours été ainsi. Il a fallu un incident déclencheur. Le cri de colère #metoo est un écho de cette horreur historique. Lia parle avec emphase, le regard fixe. Elle agence son propos en déplaçant les images et les concepts sur mon mur. Il y a une histoire admise. Et il y a la vraie, l'Histoire. Lia balaye ma bibliothèque du regard et dit que tout est ici, sous le regard, qu'il faut juste chausser les bonnes lunettes.

LA GRANDE HISTOIRE

Ce que l'on a coutume de considérer comme l'Histoire n'est en réalité qu'une séquence, la plus récente de la grande histoire de l'humanité, et que sa narration est militante et patriacarle. Lia brandit *Les Dieux menteurs* de Françoise Gange dont elle arrache la page de garde pour la punaiser au sommet de la pyramide. Je la regarde comme un personnage de film. Assis sur le lit, vodka à la main, je contemplai une moitié de l'humanité qui nous déchiffrait...

ULYSSE EST LE PROTOTYPE DU CONQUÉRANT DU PATRIARCAT QUI TRIOMPHE DE CIRCÉ, DE CALYPSO, DE CHARYBDE ET SCYLLA, DES SIRÈNES... BREF DE L'ANTIQUE FÉMININ DIVIN, DÉMONISÉ POUR LA CAUSE

De cette longue histoire de l'humanité, on utilise traditionnellement, dans le discours sur les origines de nos cultures, que la phase patriarcale, celle qu'on décrypte à Sumer, comme si cette dernière phase recouvrait toutes les autres. On parle pourtant couramment d'un culte antérieur de la fécondité où la femme aurait joué un rôle essentiel. Mais on pense généralement que de ces hautes époques, on ne peut rien reconstituer de façon précise faute de documents écrits. N'étant plus imprégnés de ses mentalités lointaines, il nous serait impossible de découvrir ses sens qui nous échappent. Il se trouve pourtant qu'on a sous les yeux des représentations multiples de l'univers mental qui a successivement imprégné les peuples au cours du temps, et que ces cultures d'avant l'Histoire, c'est-à-dire d'avant l'écriture, témoignent d'une ancienne culture vouée à la Déesse mère.

L'examen attentif de l'archéologie des mythes et de ses couches successives révèle l'ensevelissement d'une ancienne culture, vouée à une vision du monde en tout point contraire au paradigme guerrier et conquérant. La Déesse mère alors n'était pas célébrée comme les dieux patriarcaux qui allaient la remplacer. On célébrait un principe féminin, pas uniquement une divinité totémique. Nous parlions d'un autre paradigme, d'une autre planète. La terre était ensemencée, la terre rendait. On construisait des cités, et des temples pour répondre aux besoins humains de trouver sens aux grandes questions universelles. La vie, la mort. La sexualité. Une vision du temps long et des grands cycles. Les prêtresses des temples accomplissaient les rituels sexuels sacrés pour canaliser une sexualité créatrice... Mais les dieux menteurs étaient venus de l'extérieur pour voler les richesses acquises par des siècles de lentes maturations spirituelles et politiques. Pour instiller leur violence et le viol, et les légitimer par la réécriture des mythes, amputant l'humanité de son ancienne culture. Les femmes furent les perdantes de cet affrontement idéologique historique, politique. Les femmes avaient-elles conservé dans leurs gènes le traumatisme de cette dépossession, cette part de colère ? Lia, à coup sûr.

« Je lis l'Ancien Testament, je suis en colère. Je lis les péripéties de Gilgamesh, je suis en colère. Je lis *L'Odyssée* et la mythologie grecque fortement inspirée de Sumer comme un combat mené contre l'antique culture de la Déesse. Ulysse est le prototype du conquérant, du patriarcat qui triomphe de Circé, de Calypso, de Charybde et Scylla, des sirènes... Bref de l'antique féminin divin, démonisé pour les besoins de la cause, et qu'il soumet à la loi du mâle dominant, avant l'imposition du mariage-soumission à Pénélope, avatar du Grand féminin vaincu, devenu l'épouse. »

L'Histoire serait-elle une version militante de ce qui a été ? Les histoires que l'on raconte à nos enfants reposent encore et toujours sur cette usurpation historique... Ce n'est pas le viril qui est en cause, c'est l'amputation de son complémentaire. On ne peut pas essentialiser les genres et leur attribuer vertus et défauts. Le féminin est dans le masculin et inversement. On est imbriqués.
« La planète est mourante. Savoir se mettre en colère au bon moment, pour les bonnes raisons est un art. Être en colère tout le temps, c'est une faillite. Bousiller les hommes, c'est pas vraiment la solution. Nous ne sommes pas responsables des usurpateurs millénaires. Bousculer les hommes, oui, il faut. Mais pas les briser... Où en étais-je ? » Lia était complètement saoule, mais se tenait droite devant le mur qu'elle venait de couvrir de signes cunéiformes.
« Tu sais, quand je t'ai envoyé le premier texto, le 15 octobre l'année dernière... j'étais sur un plateau, un tournage à Toronto... je suis chorégraphe de combat, cascadeuse... Quand Alyssa Milano a balancé son tweet... on s'est dit entre filles : "Ça y est . . . ça commence..." Les plus gros cartons du box-office 2017 étaient trois films avec trois personnages féminins : *The Last Jedi*... *The Beauty and the Beast*, et. . . et *Wonder Woman*, la bien nommée... 2017. C'était notre année. On a saisi notre sabre laser et on n'a pas lésiné dans la découpe. Mais on ne peut pas faire ça qu'entre filles... Faut que les gars soient de la partie. Hommes et femmes, réconciliation, respect... C'est comme la phrase de Cocteau sur le tournage du *Testament d'Orphée* : « On ne peut pas travailler pour les autres. On travaille pour des frères mystérieux qu'on possède à travers le monde. Il y a une île qui est brisée, dispersée à travers le monde. Et, en somme, l'art est une espèce de signal, comme un mot d'ordre pour retrouver des compatriotes... »

Mon métier, ces dernières années, a été de jouer ou d'entraîner des actrices à faire comme les hommes dans les films d'action. Je cherche un moyen, un nouveau métier, des mots pour opérer une mutation des mentalités vers une... réintégration... psychologique... de la composante féminine démonisée, honnie et refoulée depuis 4 000 ans... »

J'ai cru qu'elle s'était endormie, mais dans un souffle, je l'entendis susurrer : « Tu sais qui je suis, en vrai ? ».

"Je suis ... celle qui donne le jour et celle qui n'a jamais procréé
Je suis la consolation des douleurs de l'enfantement
Je suis l'épouse et l'époux
Et c'est mon homme qui m'a créée
Je suis la mère de mon père
Je suis la sœur de mon mari
Et il est mon fils rejeté
Respectez-moi toujours
Car... je suis la scandaleuse et la magnifique"

Le jour se levait et la fresque au mur révélait peu à peu plus de mystères que je n'en avais vu. Comme la mémoire d'une très ancienne civilisation dont nous étions les deux enfants échoués sur le rebord du mot fin.

L'AUTEUR

Farid Lozès , cinéaste, monteur et scénariste, Il a notamment signé Sabah, diffusé sur France en 2006, un «documenteur» sur une association dynamisant la vie culturelle d'une cité fictive. Il est également co-réalisateur avec Jean-François Sanz du documentaire musical *Des jeunes gens mödernes* sur la mouvance post punk et cold wave qui a agité l'underground français au courant des années 80, et avec lequel Farid a conçu l'événement et l'exposition collective *Un autre Monde (((dans notre monde))),* sur l'histoire et l'actualité du réalisme fantastique (Galerie du Jour, 2016).

[redacted]

MERVEIL MÈRES VEILLEUS

DÉESSISME ET HISTOIRES DE L'ART

PAR ÏAN LARUE

LEUSES

ES

En 1974, Marija Gimbutas, une archéologue née en Lituanie, émigrée aux États-Unis après des études en Autriche et en Allemagne et devenue professeure à Harvard, publie *The Goddesses And Gods of Old Europe*, un livre abondamment illustré en noir et blanc qui révèle l'existence jusque-là ignorée de plusieurs milliers de statuettes néolithiques féminines qu'elle et son équipe ont mises au jour lors de fouilles récentes dans les Balkans.[1] C'est un coup de tonnerre.

Le livre déborde de figurations féminines étranges venues de civilisations inconnues, à proprement parler inouïes. On n'a jamais vu de telles formes, on ne peut les comparer à rien d'existant. Ces statuettes ouvrent à un autre monde, étrange et puissant, totalement étranger et qui semble extraterrestre, ce qui ajoute encore au caractère stupéfiant de la découverte. Certaines de ces figurines concordent en effet avec l'idée qu'on se fait alors des extra-terrestres : de grands yeux, des marques régulières sur le corps, rides ou scarifications, une grosse tête. C'est encore le type d'E.T. en 1982 : sa tête plissée, avec de très grands yeux écartés, et son corps marqué de lignes décoratives semblent copiés sur une statuette Vinca, une des principales civilisations que Gimbutas a mise en évidence et dont il a été montré ultérieurement qu'elle a sans doute précédé celle de Sumer. Sumer, avec la fameuse "invention de l'écriture", est

OUVERTURE
Vénus de Lespugue
Paléolithique supérieur,
23 000 av. J.-C.
Ivoire de mammouth,
réplique,
15 cm de haut

À GAUCHE
Figurine Vinca
Femme avec enfant,
Néolithique,
5 000 à 4 500 av. J.-C.
Terre cuite, 18,5 cm de haut
La culture de Vinca date d'il y a 7 000 ans. Localisée dans les Balkans, elle doit son nom à son premier lieu de découverte sur les bords du Danube, en Serbie. Ses figurines couvertes de signes marqueraient, pour l'archéologue Marija Gimbutas, le début de l'écriture.

un pilier du patriarcat. La deuxième surprise est la durée de cette civilisation perdue : au moins 9 000 ans. La contre-culture des années 1960 et 1970 était férue d'apparitions d'ovnis que détectaient des humains de sexe masculin dans le ciel bleu dur du Texas ; et on traquait alors fiévreusement l'Atlantide, les mystères du cosmos et des civilisations disparues. On l'aura donc trouvée, l'Atlantide… mais personne ne s'en est aperçu. Cette civilisation engloutie n'appartient pas à nos souvenirs, à notre mémoire "patrimoniale"…

TARA VERTE
Principale figure féminine du Bouddha, son nom en sanskrit signifie « Libération », « Étoile ». Déesse de la sagesse et de la compassion, la Tara Verte est l'aspect le plus courant de cette mère universelle.

The Goddesses And Gods reprend une idée déjà présente chez Bachofen ou chez Frazer, mais que les statuettes féminines mises au jour par Gimbutas rendent encore plus saisissante : une déesse universelle, déclinée en multiples avatars, aurait précédé l'arrivée de l'usurpateur qu'est le dieu patriarcal unique des religions "à grand livre et grand homme" du pourtour méditerranéen. Des éléments précis permettent de montrer que cette transition est un coup de force, opéré avec violence. La déesse et ses avatars sont évincés et leur pouvoir est détourné à des fins patriarcales. En 1976, "l'effet Gimbutas" est renforcé par un autre livre : l'essai de l'historienne de l'art Merlin Stone traduit en français sous le titre *Quand Dieu était femme*. C'est une véritable exploration archéologique dans le monde de la déesse.[2]

LA DURÉE DE CETTE CIVILISATION PERDUE : AU MOINS 9 000 ANS

En révélant un pan immense autant qu'ignoré de la culture du passé, ces deux livres engendrent une prise de conscience féministe. Chacun·e découvre, preuves en main, que l'histoire officielle, le "canon", dissimule sans vergogne ce qui ne sert pas la gloire du système idéologique en place. Il lui faut des grandes statues masculines en nombre restreint, bien identifiées et rendues symboliques, comme le David de Michel-Ange ; pas des milliers de statuettes féminines !
La Grande Déesse fait deviner l'abîme qui sépare l'histoire de l'art masculine de l'histoire de l'art véritable ; elle se déploie comme une bannière, un signe de ralliement pour rendre visible le mouvement artistique qu'elle inspire. Ce sera un échec, bien sûr ; ont pignon sur rue le pop art, Fluxus, l'expressionnisme abstrait, le minimalisme, le conceptualisme, tout ce qu'on voudra, mais pas le déessisme. Cependant la

NOTES
(1) Marija Gimbutas, *The Gods and Goddesses of Old Europe*, 7 000 to 3 500 BC : Myths, Legends and Cult Images, Londres, éd. Thames and Hudson, 1974.
(2) *Merlin Stone, When God Was A Woman* (1976), traduction française : *Quand Dieu était femme*, éd. L'Étincelle, 1979.

VIe siècle ap. J.-C.
Bas-relief, Madhya Pradesh,
Inde centrale, 10,3 cm de haut

catégorie "Grande Déesse", auparavant inconsistante, existe désormais.

L'idée n'est pas nouvelle. On la trouve déjà dans l'énorme somme de Frazer intitulée *Le Rameau d'or*, début XXe siècle.**(3)** Et chez Bachofen, le juriste suisse qui a théorisé le matriarcat en 1861.**(4)** Dans les années 1950, la même idée se développe sous l'impulsion de Robert Graves qui, en 1948, publie *The White Goddess : A Historical Grammar of Poetic Myth*, livre qui traite de la Grande Déesse "blanche" celtique et qui impressionnera fortement l'art pictural et un des romans de la surréaliste Leonora Carrington.**(5)** En 1954 (l'année de la publication du *Seigneur des anneaux* de Tolkien qui fait advenir un puissant monde médiévalisant), Gerald Gardner et Doreen Valiente entrent en scène : ils sont les fondateurs britanniques de "l'Ancienne religion", dite Wicca sur laquelle ils écriront l'un et l'autre de nombreux ouvrages (elle plus que lui, car il meurt plus jeune). Le couple est fortement influencé par les idées de l'anthropologue Margaret Murray qui, archéologue de l'université de Londres, écrivait en 1949, à propos de l'Égypte ancienne, que l'ensemble des événements entourant les liaisons "romantiques" de Cléopâtre, héritière légitime du trône égyptien, a été déformé par les stéréotypes masculins.

« La Déesse blanche devait maintenir un contrôle ferme sur les hommes, sinon ils seraient devenus indomptables, nous dit Robert Graves. Et c'est ce qu'elle a fait pendant longtemps. Rares sont ceux qui ont conscience que cette même Déesse, sous le nom de Aserat, était encore chargée de Jérusalem bien après que les livres de la Bible avaient été écrits, et qu'elle avait un temple sur le mont du Temple qui était quelque cinq fois plus grand que celui de Jéhova. Et que c'était elle qui prenait toutes les décisions jusqu'à ce qu'enfin elle considérât qu'elle ne pouvait plus se fier aux hommes et décidât : "Très bien, voyons donc comment ils s'en sortent seuls". Et c'est ainsi qu'elle se retira. Mais elle continue à être présente en privé, pour ceux qui ont besoin d'elle, en la personne de la Vierge Marie ou de la femme que l'on adore ; politiquement, elle s'est mise à l'écart et a laissé les hommes tout dérégler. »

« Pour la majorité des chrétiens, la Vierge Marie

SON TEMPLE ÉTAIT QUELQUE CINQ FOIS PLUS GRAND QUE CELUI DE JÉHOVA

LAJJA GAURI
Cette déesse hindoue à tête de lotus, très ancienne et associée à l'abondance, la fertilité et la sexualité, est généralement représentée nue, accroupie, jambes écartées en position d'enfanter, « yoni » visible.

(3) James George Frazer, *Le Rameau d'or*, éd. Robert Laffont, 4 volumes, 1981-1984 [éd. or. 1911-1915].
(4) J. J. Bachofen, *Le Droit maternel*, recherche sur la gynécocratie de l'Antiquité dans sa nature religieuse et juridique, éd. L'Âge d'Homme.
(5) Robert Graves, *The White Goddess : a Historical Grammar of Poetic Myth*, Londres, éd. Faber & Faber, 1948 (*La Déesse blanche*, éd. du Rocher, 1979).

est aujourd'hui une source d'inspiration religieuse bien plus importante que celle de son Fils sur la croix [...]. Les chrétiens profès se retrouvent perdus dans un désert de cruauté, de confusion, de pollution, de danger et de désastre. Ils ne veulent pas faire face à la figure nue et souffrante qui est sur la croix. Elle est trop réaliste. Pour cette raison, ils choisissent de redécouvrir le centre du monde perdu : la Déesse Mère, dont la tâche a toujours été de garder ses terres pures de sang, en ordre et en paix, celle de pardonner au pénitent et de bénir tous ceux qui l'aiment. Et si Marie nous a fait défaut en devenant une marionnette de l'Église, manipulée par des mains sans amour, d'une manière ou d'une autre, il nous revient de lui substituer une déesse immaculée pour ceux qui en sont dignes. »

Parmi les artistes du déessisme, citons Mendieta, artiste étatsunienne d'origine cubaine qui sculpte dans les espaces naturels de grandes silhouettes féminines aux deux bras levés, en référence au geste habituel qui incarne la puissance de la déesse. Les silhouettes peuvent être des creux dans la neige avec ajout de peinture rouge et de brindilles, des modelages de boue en relief ou même des gravures dans la pierre qui donnent l'impression d'être très anciennes ; *Incantation à Olokun-Yemaya* (1977)[6] fait référence à une déesse yoruba, célébrée dans l'Ouest africain. Déesse de la mer, elle est le ventre de la création. La même année, Betsy Damon présente, dans les rues de New York, une performance intitulée *La Femme de 7 000 ans*. Elle est couverte de petits sacs de farine qu'elle perfore pour former sur le sol une spirale, en se déplaçant. L'historienne de l'art Jennie Klein mentionne la référence à l'Artémis d'Éphèse, statue originellement en bois de cyprès qui se trouvait dans l'énorme temple dédié à la déesse, l'Artémision, quatrième merveille du monde. Déjà s'annonce la danse spirale...[7]
En 1973, Mary Beth Edelson réalise *Woman Rising Series*, un ensemble de toutes petites photos retravaillées au dessin qui, pour être de taille minuscule, n'en sont pas moins d'une remarquable efficacité artistique autant que féministe. Grande est sa culture de la déesse ! Elle connaît les Sheela-na-gig irlandaises, Kali la déesse noire hindoue de la création et de la destruction et même les étranges "Baubô", statuettes en terre cuite représentant un visage-vulve monté sur des jambes, découvertes en 1898 dans un temple dédié à Déméter et Korè à Priène en Asie Mineure.[8] Un coquillage qui s'enroule en spirale représente la tête de la déesse dans un photomontage de 1975, *Goddess Head*. La déesse s'approprie ainsi les mystères quasi ésotériques de la suite du

VÉNUS PALÉOLITHIQUES
Dans ces statuettes féminines d'au moins 25 000 ans, les seins, les hanches, le sexe sont grossis. Selon l'historien de l'art LeRoy McDermott, ces courbes correspondent au point de vue d'une femme enceinte regardant ses pieds.

(6) Ana Mendieta, *Incantation à Olokun-Yemaya*, 1977. Photographie couleurs 50,8 × 33,7 cm. Collection Museum of Fine Arts, Boston, Massachusetts (États-Unis).
(7) Jennie Klein, « Goddesses. Feminist Art And Spirituality In The 1970s », dans West of Center : Art And The Counterculture Experiment In America, 1965-1977, University of Minnesota Press, 2012.
(8) Maurice Olender, « Aspects de Baubô. Textes et contextes antiques », Revue de l'histoire des religions, tome 202, n° 1, 1985.

Vénus de Hohle Fels
Paléolithique supérieur,
35 000 av. J.-C.
Ivoire, 6,5 cm de haut

À GAUCHE
DERCÉTO
« La belle »
2e siècle ap. J.-C.
Temple d'Artémis, Éphèse
Ivoire, 174 cm de haut.
Grande déesse antique du Nord de la Syrie, appelée aussi Atargatis en araméen, Dercéto est la souveraine des eaux et des sources, protectrice maternelle des cités humaines. Appelée aussi « Pure », « Vierge », « Salvatrice » ou « Mère des dieux », elle est généralement assimilée à Cybèle, la Déesse-Mère, « Magna Mater » gréco-romaine originaire de l'Anatolie, la Turquie actuelle. De nombreux historiens y voient la matrice du culte rendu à la Vierge Marie.

À DROITE
JOMON
« Vénus Jomon »
Trésor national ,Jomon Moyen, 3 000 av. J.-C.Site de Tanabatake, Chino, Département de Nagoya, Terre cuite, 27 cm de haut.
Présentées fin 2018 à la Maison de la culture du Japon à Paris, lors de l'exposition *Jomon, naissance de l'art dans le Japon préhistorique*, les statuettes en argile cuite Dogu sont en majorité des figurines féminines. Empreintes d'une spiritualité mystérieuse, elles ont été produites sur une période d'environ 10 000 ans.

À GAUCHE
« Vénus à la Corne »
Paléolithique supérieur, 25 000 ans av. J.-C.
Laussel,
Bas-relief,
15 cm de haut

À DROITE
Guacar
Ana Mendieta, 1981/2018
Gravures rupestres

mathématicien Leonardo Fibonacci.
La déesse est invitée au banquet monumental du féminisme, *The Dinner Party*, réalisé en 1974 par plus d'une centaine de personnes sous la houlette de Judy Chicago (qui avait préféré prendre le nom de sa ville plutôt que celui de son père). La déesse apparaît sous deux de ses avatars : Primordial Goddess et Fertile Goddess. D'autres déesses, comme Ishtar et Kali, sont à ses côtés.

DE QUOI FAIRE RÉFLÉCHIR LES FÉMINISTES SUR LA CONSTRUCTION DE CETTE HISTOIRE OFFICIELLE SEXISTE

Ce bref panorama artistique permet de mesurer l'influence féministe de la nouvelle idée appelée "déesse". Les statuettes néolithiques ne sont pas reconnues. Elles n'ont toujours pas leur "département" ou autre espace repérable dans les musées d'archéologie. De quoi faire réfléchir les féministes sur la construction de cette histoire officielle sexiste et sur le faible crédit qu'on peut lui accorder. De quoi reprendre ce grand symbole, la spirale, et la danser pour commencer.

L'AUTEURE
Ïan Larue enseigne la littérature, les arts et la culture à l'université Paris 13. Elle peint et crée des bijoux "neo-lithiks" et a écrit une quinzaine d'ouvrages parmi lesquels deux romans de science-fiction, une histoire de l'art et plusieurs pamphlets féministes : *La Femme est-elle soluble dans l'eau de vaisselle* (2008), *Fiction, féminisme et post-modernité* (2010), *Dis Papa, c'était quoi le patriarcat ?* (2013) et *Libère-toi cyborg !* (2018).

« La Reine de la Nuit »
env. 1 900 av. J.-C.
Babylone, Sud de l'Irak
Terre cuite, 49,5 cm de haut

ASTARTÉ
Astarte, ou Ishtar pour les Babyloniens, également assimilée à la déesse sumérienne Innana, au culte grec d'Aphrodite et à Vénus par les Romains en tant que Vénus Victrix (victorieuse) ou Vénus érycine dans l'Afrique romaine, appelée aussi Tanit par les Carthaginois.
Divinité belliqueuse, protectrice des rois, déesse de l'amour, de la fertilité et des cieux, associée au climat et à Vénus, l'étoile du matin, conjointe des anciens dieux Baal ou Seth, du panthéon égyptien où elle se confond aussi avec les déesses Hathor et Isis, Astarté et ses multiples visages en font une déesse centrale du monde antique du Proche Orient et de la Mésopotamie.

LE MIRACLE DU SOLEIL

Le 13 octobre 1917, près de 50 000 personnes assemblées à Fatima, au Portugal, vont contempler sidérées, le miracle annoncé par la Vierge Marie. La pluie incessante a fait place à un ciel dégagé où le soleil a dansé, tournoyant et plongeant sur la foule, séchant leurs habits. Cette danse du soleil, longue de dix minutes, a été observée à dix kilomètres à la ronde.

NOTRE-DAME DE TOUS LES PEUPLES

Certains l'appellent Marie, Myriam ou encore Notre-Dame. Il s'agit de la femme la plus populaire de la planète. Le journaliste, réalisateur et producteur de film Pierre Barnérias s'est lancé en 2010 sur les pas de Marie et ses apparitions. Ce tournage de quatre ans a mené ce grand reporter dans treize pays, à l'écoute des messages que Marie veut nous faire entendre, bouleversant sa vie à tout jamais. Il retrace ici, dans *Orbs*, les incroyables découvertes de sa prodigieuse enquête.

PAR **PIERRE BARNÉRIAS**

Tout commence aux portes de Paris, à Garges-lès-Gonesse, dans un pavillon où en 2010 une icône en bois d'une Vierge à l'enfant suinte des gouttes d'huile, comme des larmes qui s'écoulent de ses yeux. Ce fait divers extraordinaire est le point de départ de mon intérêt pour les messages de cette femme que certains appellent Notre-Dame. « Cela a débuté le vendredi précédant le Carême », explique le chef de famille, turque orthodoxe, arrivée en France il y a quelques années et originaire d'Antioche, le berceau du christianisme en Turquie. Après m'être rendu sur place et avoir fait poser des scellés par un huissier de justice, nous avons fait analyser le suintement recueilli une semaine plus tard. Nous récoltons en mars 2011 environ un tiers de litre de liquide huileux. Les analyses nous apprennent que « la nature et le pourcentage des acides gras correspondent à un profil caractéristique d'huile d'arachide ». Mieux, après cinq mois, l'huile, toujours sous scellés, a disparu des échantillons. « Et l'huile qui reste est blanche », constate décontenancé, notre huissier face caméra. Ce mystère me met sur la piste de Marie.

FATIMA, LE 13 JUILLET 1917

La tradition populaire recense des milliers d'apparitions mariales, appelées "mariophanie", mais l'Église catholique n'en a reconnu que 18 d'entre elles, dont 5 en France. Elle est ainsi apparue "officiellement" pour la première fois au Mexique en 1531, mais également en Belgique, en Pologne, au Rwanda, aux Philippines, en Argentine. Elle est aussi apparue en 1917 à Fatima, dans un petit village du Portugal, à une centaine de kilomètres au nord de Lisbonne. Là encore, comme en France à la Salette en 1846, à Lourdes en 1858 ou à Pontmain en 1871, elle a choisi des enfants pour leur confier ses messages. La date du 13 octobre 1917 en particulier va marquer l'histoire et la mémoire d'une foule de près de 70 000 curieux, de sceptiques et de croyants, rassemblés là en vue du grand miracle annoncé trois mois plus tôt par une Dame à trois jeunes bergers qui ne savent ni lire ni écrire : Francesco 9 ans, Jacinta 7 ans et Lucia 10 ans. Depuis le 13 mai 1917, ils disent voir la Vierge tous les 13 de chaque mois. Les enfants n'étant pas crus, ils lui demandent le 13 juillet 1917 d'intervenir. Non seulement la Vierge les rassure en leur donnant la date du « miracle de la danse du soleil », mais elle leur livre en plus un secret. Le fameux secret de Fatima.

En cherchant un peu, je découvre que le secret se divise en réalité en trois parties. Un premier message ressemble à une visite guidée de l'enfer et du purgatoire : « un océan de feu [...] avec des cris et des gémissements qui terrorisaient ». La deuxième partie du secret

> **CES APPARITIONS, PRÈS DE 2 000 DÉNOMBRÉES ENTRE LE 2 JUILLET 1961 ET LE 13 NOVEMBRE 1965, ONT DÉFRAYÉ LA CHRONIQUE**

concerne la fin de la Première Guerre mondiale et l'arrivée d'une seconde : « La guerre va finir. Mais si l'on ne cesse d'offenser Dieu, sous le pontificat de Pie XI en commencera une autre pire encore ». La Seconde Guerre mondiale a débuté en 1938, par l'annexion de l'Autriche par l'Allemagne. Pie XI meurt lui en février 1939. Mais ce n'est pas fini, Notre-Dame de Fatima demande aussi que l'on consacre la Russie à son cœur immaculé. « Si on accepte mes demandes, la Russie se convertira et on aura la paix ; sinon elle répandra ses erreurs à travers le monde, provoquant des guerres et des persécutions contre l'Église. » La Vierge semble prévenir du communisme, alors que la révolution d'Octobre n'a pas commencé. Si les deux premiers secrets ont été révélés en 1941 par Lucia Jesus dos Santos, la dernière survivante des trois enfants devenue religieuse, le troisième ne sera dévoilé par le Vatican qu'en l'an 2000, au cours d'une conférence de presse du cardinal Joseph Ratzinger, futur Benoît XVI, et du cardinal Tarcisio Bertone, bras droit du pape entre 2006 et 2013. Et non en 1960, comme Sœur Lucie l'avait formulé. Les conditions et les termes controversés de cette annonce posent d'ailleurs de sérieux doutes sur la véracité du texte mis en avant par l'Église.

GARABANDAL, 2 JUILLET 1961

Après le communiqué de presse anonyme du 8 février 1960 dans lequel le Vatican indique qu'« il est probable que le secret de Fatima ne soit jamais rendu public » et la manifestation monstre qui suivit le 13 octobre, à Fatima, où 600 000 fidèles se rassemblèrent pour demander au Vatican de revenir sur sa décision, la Vierge refait parler d'elle un an plus tard, en Espagne, dans le petit village de Garabandal. Ces apparitions, près de 2 000 dénombrées entre le 2 juillet 1961 et le 13 novembre 1965, ont défrayé la chronique, avec des phénomènes extraordinaires filmés par des caméras amateurs. Quatre fillettes sont concernées, dont Conchita Gonzales, vivant des extases de jour comme de nuit. Elle avait 12 ans à l'époque. C'est elle qui a pour mission de révéler au monde la date d'un grand miracle afin de prévenir de l'urgence de retourner à Dieu.

Je retrouve Conchita à New York en 2014. Elle ne donne plus d'interview, mais sur le perron de sa petite maison, elle accepte de nous recevoir. Conchita nous propose de commencer notre réunion par le chapelet de la Miséricorde. Soit. Elle nous passe un texte et nous voilà réunis dans une même prière. Je regarde cette femme, devenue grand-mère, à qui la Vierge est apparue pendant près d'une décennie. Tout en récitant la prière qui implore la miséricorde de Dieu, j'ai en tête les images étonnantes de l'enfant d'une dizaine d'années, marchant en arrière sans jamais trébucher, la tête levée au ciel, en pleine conversation avec La Vierge et recevant quelques mètres plus loin la communion des mains de l'archange Saint-Michel invisible. Mon cerveau garde en mémoire cette vidéo-amateur hallucinante où l'on voit une hostie se matérialiser sur la langue de la gamine. Et elle était là, à mes côtés, à prier avec moi dans le corps d'une femme de 70 ans. « Toutes les consciences seront illuminées. Plus rien ne sera caché ». Qui peut entendre aujourd'hui ces propos sans se moquer ou les tourner à la dérision ? « Le monde entier sera bouleversé, les gens croiront que la fin du monde est arrivée. Chacun vivra une expérience mystique par laquelle il va pouvoir voir l'état de son âme à la lumière de la justice divine. Lorsqu'elle se produira, tout s'arrêtera. Ce sera comme un feu. Il ne brûlera pas votre chair, mais vous le ressentirez intérieurement et extérieurement. Vous sera alors révélé le bien que vous avez négligé de faire, et le mal que vous avez fait ». Voilà ce qui revient à ma mémoire quand je me retrouve aux côtés de l'annonciatrice.

Le chapelet terminé, je lui explique mes réserves sur la publication en l'an 2000 du secret de Fatima par le Vatican. Je reviens enfin sur une information que j'avais lue, à savoir que le président Kennedy a bien pris connaissance du secret dans les années 1960.
Elle me répond avec une grande délicatesse :
– Oui, le président Kennedy a bien été informé du contenu de la troisième partie du secret. Le pape Jean XXIII et ses successeurs n'ont pas osé le révéler au monde, qualifiant les petits bergers de Fatima de “prophètes de malheur”.

OUI, LE PRÉSIDENT KENNEDY A BIEN ÉTÉ INFORMÉ DU CONTENU DE LA TROISIÈME PARTIE DU SECRET

Conchita se lève et se dirige vers une étagère. Elle en extrait un album photo qu'elle pose sur la table. Tout en se déplaçant, elle m'explique comment elle est devenue très proche de la famille Kennedy. Sous mes yeux, plusieurs photos de Jacky Kennedy avec Conchita confirment cette relation privilégiée. Oui, le troisième secret de Fatima a bien été envoyé au président américain en 1960, en pleine guerre froide avec la géante URSS. Trois ans plus tard, Kennedy et Kroutchev signaient un protocole d'accord sur la fin des essais nucléaires. Nous sommes aujourd'hui en 2018 et jamais la menace nucléaire ou chimique n'a été aussi pressante... Nos échanges dureront plus d'une heure. Nous quittons cette femme d'exception avec la sensation d'avoir vécu un moment privilégié, suspendu, comme si on avait touché un peu de ce Ciel qu'on aimerait mieux connaître.

FATIMA, LE 11 JUILLET 2012

Retour à Fatima, forteresse du catholicisme. Encerclé d'hôtels flambant neufs, flanqués de leurs quatre, voire cinq étoiles, je découvre avec étonnement une immense place, bordée d'un côté par une église du XXe siècle coif-

LES APPARITIONS DE GARABANDAL
Plusieurs phénomènes spectaculaires ont accompagné les extases mystiques des quatre adolescentes, témoignant des 2 000 apparitions de la Vierge : déplacements rapides en marche arrière, légères lévitations, apparition d'une hostie dans la bouche de Conchita Gonzalez durant la nuit du 19 juillet 1962 photographiée en public.

LA TUNIQUE DE GUADALUPE
Selon plusieurs spécialistes de la vision, les yeux de Notre-Dame de Guadalupe contiennent le reflet de différentes silhouettes humaines, jusqu'à treize personnes pour José-Aste Tonsmann, qui étudie des images haute définition du regard de la Tilma depuis 1975. Des ophtalmologues ont discerné en 1991 sur les paupières et la cornée de la Vierge « la présence d'un réseau veineux normal »

fée de la couronne de la Vierge, et de l'autre, au bout d'une piste de plusieurs dizaines de mètres, une immense cathédrale souterraine. Des deux côtés de la basilique dite du Rosaire, un arc de colonnes surmontées de statues de saints, rappelle la cour de Rome, face à la basilique Saint-Pierre. Même construction, même puissance, même alignement. À quelques mètres, en contrebas de cette basilique où sont enterrés les trois petits bergers, le lieu de l'apparition, transformé en chapelle de verre et ouvert aux quatre vents. Tous les pèlerins du monde, à n'importe quelle heure du jour et de la nuit, viennent prier et se recueillir devant la statue de Notre-Dame de Fatima. Trois points névralgiques sur une place immense qui peut accueillir jusqu'à 600 000 personnes : La basilique, la chapelle des apparitions et la cathédrale souterraine.

Face à cette dernière, deux statues géantes en bronze montent la garde. Elles représentent deux hommes de foi, à genoux, en prière. L'un est le pape Jean Paul II, le dos voûté et la main droite appuyée sur une lance en fer forgé au bout de laquelle trône un Christ crucifié. Hommage du peuple portugais à l'infatigable pèlerin dont le seul soutien est cette crosse métallique, portée à bout de souffle, pendant 25 ans de pontificat. À ses genoux, un bac en granit déborde de fleurs, de bouquets, de bougies. Des remerciements du monde pour celui dont l'empreinte n'est plus à démontrer. Dans le même alignement, sur le flanc gauche de la cathédrale, Paul VI, lui aussi, est à genoux, les mains jointes. Devant lui, pas de bac en granit pour récupérer des ex-voto ou des fleurs. Les pèlerins semblent avoir jeté leur dévolu sur le pape polonais dont le pontificat a été lié par le sang à ce lieu. C'était le 13 mai 1981, jour anniversaire des apparitions de Notre-Dame, à Fatima. Le pape est alors touché par deux balles sur la place Saint-Pierre de Rome. Il s'en sort miraculeusement et attribue aussitôt son sauvetage à la Vierge de Fatima. Même date et même heure que la première apparition le 13 mai 1917. Tout son pontificat porte l'empreinte de cette cité mariale et de ses secrets que Jean Paul II demandera à relire sur son lit d'hôpital.

Sur le terre-plein du sanctuaire portugais, une piste de deux mètres de large relie la cathédrale à la basilique du Rosaire. Une bande en pierres polies pour ne pas esquinter les genoux, mais dont le moindre petit caillou, déposé par les chaussures des pèlerins, vous arrache une grimace ! Je découvre là et pour la première fois une nouvelle façon de prier, à genoux et en marchant. Je suis ému de voir une frêle grand-mère dont le visage ridé affiche le poids des années, avancer genou après genou en tenant la main d'une fillette. Je découvre à Fatima la simplicité d'un peuple obéissant aux messages d'une enfant. Je vais retrouver cette ferveur quelques mois plus tard au Mexique, en remontant aux sources de la première apparition mariale reconnue.

MEXICO, 12 DÉCEMBRE 1531

Nous débarquons à Mexico dans un hôtel à quelques encablures du grand sanctuaire sud-américain, Guadalupe. En aztèque, ce lieu-dit signifie « celle qui vaincra le serpent ». Si, à

APPARITIONS MARIALES RECONNUES PAR L'ÉGLISE

- **Tepeyrac (Mexique)** à Juan Diego Cuauhtlatoatzin en 1531 (reconnu en 1754)
- **Le Laus (France)** à Benoîte Rencurel de 1664 à 1718 (reconnu en 2008)
- **Rome (Italie)** à Alphonse Ratisbonne en 1842 (reconnu la même année)
- **La Salette-Fallavaux (France)** à Maximin, Giraud et Mélanie Calvat en 1846 (reconnu en 1851)
- **Lourdes (France)** à Bernadette Soubirous en 1858 (reconnu en 1862)
- **Champion (États-Unis)** à Adèle Brise en 1859 (reconnu en 2010)
- **Pontmain (France)** à Eugène Barbedette et son frère Joseph en 1871 (reconnu en 1872)
- **Gietrzwald (Pologne)** à Justyna Szafrynska et Barbara Samulowska en 1877 (reconnu en 1977)
- **Fátima (Portugal)** à Lúcia de Jesus dos Santos, Francisco Marto et sa sœur Jacinta en 1917 (reconnu en 1930)
- **Beauraing (Belgique)** à Fernande, Gilberte et Albert Voisin et Andrée et Gilberte Degeimbre de 1932 à 1933 (reconnu en 1949)
- **Banneux (Belgique)** à Mariette Beco en 1933 (reconnu en 1949)
- **Amsterdam (Pays-Bas)** à Ida Peerdeman de 1945 à 1959 (reconnu en 2002)
- **L'Île-Bouchard (France)** à Jacqueline et Jeanne Aubry, Nicole Robin et Laura Croizon en 1947 (reconnu en 2001)
- **Betenia (Venezuela)** à Maria Esperanza Medrano de Bianchini de 1940 à 1950 (reconnu en 1987)
- **Akita (Japon)** à Agnes Sasagawa de 1973 à 1981 (reconnu en 1984)
- **Kibeho (Rwanda)** à Alphonsine Mumureke, Nathalie Mukamazimpaka et Marie-Claire Mukangango de 1981 à 1989 (reconnu en 2001)
- **Lipa (Philippines)** à Teresita Castillo en 1948 (reconnu en 2015)

Fatima, j'avais été touché par l'attitude des pèlerins recueillis dans une simplicité déconcertante, jusqu'à marcher à genoux ; à Guadalupe, je serai interpellé par ces centaines de milliers de pèlerins déboulant de toute l'Amérique du Sud pour encombrer sur des dizaines de kilomètres les rues de Mexico. Ils ne sont pas cadres, ni ingénieurs, ni politiciens. C'est le peuple de la Vierge, pauvre et seulement riche de leur amour pour leur Mère...

En ce mois de décembre 2012, le terre-plein central de l'immense avenue qui s'étale sur plusieurs kilomètres pour rejoindre la cathédrale de Guadalupe est noir de monde. Ce sont 50 000 m^2 de pèlerins, avançant pas à pas, genou après genou, avec dans les mains ou sur le dos des statues, des icônes, des fleurs, ou tout autre cadeau pour Celle qui continue de défier le temps et la science pour mieux confondre les puissants et les arrogants. Les visages des pénitents sont marqués par la souffrance des kilomètres à genoux sur un goudron défoncé, loin de la piste en marbre ciré du Portugal. À l'intérieur de la basilique, c'est la ferveur de tout un peuple, de tout un continent qui embrase l'édifice dans un défilé de couleurs, de sons, de costumes, de peintures et de plumes. Tout un continent à l'unisson pour célébrer, là aussi, un événement unique au monde.

Depuis bientôt cinq siècles, un simple vêtement en fibre végétale résiste à l'usure du temps, aux changements de température auxquels il a été soumis durant toutes ces années. Ce vêtement appartenait à un jeune indien fraîchement converti et à qui la Vierge est apparue. Voici son histoire.

En 1531, Notre-Dame apparaît à un jeune homme, Juan Diego, à qui elle demande d'aller cueillir dans un champs des fleurs qui normalement ne poussent pas en cette saison, et de les amener à l'évêque comme un signe de sa présence sur cette terre du Nouveau Monde. Le jeune homme obéit et trouve en effet sur le lieu, des fleurs magnifiques qu'il s'empresse de cueillir, de mettre dans sa tilma – sa tunique – qu'il referme sur lui, et il court les présenter à l'évêque espagnol. Après trois heures de route, le voilà enfin arrivé à sa résidence. Sa tilma repliée sur sa poitrine, il y cache le précieux trésor de Notre-Dame. À la vue du prélat, sans plus attendre, Juan Diego ouvre subitement son vêtement pour libérer les fleurs qui tombent à terre. L'évêque espagnol lui aussi tombe à terre, à genoux. Non pas à cause des fleurs dont il a sans doute oublié l'existence, mais à cause du prodige qui s'offre à ses yeux. Face à lui, une photographie tout en couleurs d'une vierge métisse vient de s'imprimer sur la Tilma du jeune aztèque. Cinq siècles plus tard, la fameuse tunique en fibre de cactus avec le dessin inexpliqué d'une vierge métisse enceinte et recouverte d'un manteau étoilé représentant les constellations telles qu'elles se situaient au-dessus de Mexico à la date de l'apparition, est exposée dans la cathédrale, à une dizaine de mètres de hauteur.

Au pied de la Tilma, un tapis roulant évite les embouteillages et les heures d'attente. Des millions de spectateurs venus du monde entier vont avoir 22 secondes pour admirer l'incroyable tunique, protégée par des vitres blindées. Car ce vêtement et son icône incrustée avec des couleurs dont on ignore l'origine, dérange, irrite, au point de vouloir le supprimer. Deux attentats ont failli la faire disparaître. Un à l'acide chlorhydrique et l'autre à la grenade. La Tilma de Juan Diego s'en sort bien. Elle est toujours là. En fin stratège politique, le pape Jean Paul II enfonce le clou en l'an 2000. Il a fait d'Elle la patronne des Amériques, au nez et à la barbe des États-Unis. Notre-Dame, un instrument de diplomatie internationale, dans un monde en guerre marqué par le repli sur soi et la peur de l'autre ?

À quelques kilomètres de Mexico, nous rencontrons un scientifique de renom qui a consacré toute sa vie d'ingénieur à examiner 2 cm² de la fameuse Tilma. Pendant 40 ans, le Dr Aste Tonssmann a étudié avec les moyens qu'offre la technologie du XXe siècle, les yeux de la Guadalupe à moitié ouverts. Qu'a-t-il découvert dans les yeux de la métisse ? Les silhouettes de treize personnes. Comme si, au moment où le miracle se produisait sous les yeux subjugués de l'évêque, le regard de la Vierge photographiait la scène. Ces 2 cm² révèlent, après 25 ans de recherches, des informations étonnantes.

AKITA, 13 OCTOBRE 1973

Direction le Japon, ma première visite en 25 ans de journalisme. Le trajet est long. J'en ferai une prière, au moins le temps ne sera pas perdu. J'étais loin d'imaginer ce que j'allais découvrir. Pour moi, jusqu'à maintenant, le Japon était synonyme de fourmille-

> **DES SOURIRES PAR DIZAINES, DES RIRES QUI S'ENVOLENT ICI ET LÀ ET PARTOUT DES REGARDS BIENVEILLANTS**

ment indescriptible avec des visages stricts et fermés, tous obnubilés par le désir d'un travail bien réalisé. Arrivé à l'aéroport de Tokyo, mes yeux clignotent et ne savent plus où se diriger. Nous sommes en décembre 2011 et c'est bientôt Noël. Ici, c'est du sérieux ! Imaginez l'aéroport de Roissy transformé en crèche géante avec des sapins qui transpercent les espaces de leur hauteur et inondent les passagers de leurs lumières chatoyantes. Guirlandes multicolores, boules célestes, étoiles filantes... Même l'âne et le bœuf en terre cuite font plus vrais que nature et sont à la fête. Tout est à la magie de Noël. Je souris en regardant le décor féérique. Je pense à notre sacro-sainte laïcité qui interdit désormais les crèches sur une terre qui a pourtant vu s'élever les plus beaux monuments religieux de la planète, nés de la croyance d'hier et dont profite l'athéisme d'aujourd'hui. À l'extérieur, loin de l'agitation de mon cerveau, je goûte avec délice ces rues de Noël et ces boulevards immaculés d'où je ne perçois aucun stress. Tout avance comme une boîte à musique.

Incroyable Japon. Je monte à bord du métro du Nouveau Monde pour regagner mon auberge de jeunesse en plein centre de la capitale nippone. J'y suis choyé comme un enfant. Je regarde tout autour de moi. Des sourires par dizaines, des rires qui s'envolent ici et là et partout des regards bienveillants. D'où viennent ces gens ? De quelle planète sont-ils ? Je suis dans un grand jardin d'enfants. Je dépose mes affaires, mon sac et ma caméra et je pars dîner dans un restaurant choisi au hasard. L'atmosphère, là aussi, repose. Une demi-heure plus tard, je ne demande pas mon reste et m'endors profondément dans un lit encastré et à la taille millimétrée. Le lendemain, je m'envole pour Akita, à une heure d'avion de Tokyo. J'ai découvert ce lieu d'apparition mariale en lisant le livre de Pierre Jovanovic, *Notre-Dame de l'Apocalypse*.

En 1973, la Vierge se pose au Japon pour y délivrer un message apocalyptique. Et, non sans humour, elle choisit une sourde pour le faire entendre ! La messagère porte un nom japonais. Elle appartient à la congrégation des Sœurs de l'Eucharistie. Une religieuse entièrement offerte à son Fils. C'est une affaire de famille ! Mais sœur Agnès Sasagawa n'a rien d'une enfant analphabète comme les petits bergers de La Salette, Lourdes ou Fatima. Pourquoi donc ce changement de mode opératoire ? Quelle signification ? Pourquoi avoir choisi une infirme, sourde qui plus est, pour tenter d'alerter notre monde sur les dangers en cours ? Je remarquerai que les messages délivrés à la religieuse commencent à nouveau un 6 juillet et interviennent 13 ans après la décision du Vatican de ne pas révéler le secret de Fatima. Ce sont 13 ans de refus, 13 de sur-

LA PRIÈRE DE NOTRE DAME DE TOUS LES PEUPLES

SEIGNEUR JÉSUS-CHRIST,
FILS DU PÈRE,
ENVOIE À PRÉSENT
TON ESPRIT
SUR LA TERRE.
FAIS HABITER L'ESPRIT SAINT
DANS LES CŒURS
DE TOUS LES PEUPLES
AFIN QU'ILS SOIENT
PRÉSERVÉS
DE LA CORRUPTION,
DES CALAMITÉS
ET DE LA GUERRE.
QUE LA DAME DE TOUS
LES PEUPLES,
QUI FUT UN JOUR MARIE,
SOIT NOTRE AVOCATE.
AMEN.

LA STATUE D'AKITA

La statue en pleurs, filmée et photographiée par la télévision japonaise, a fait l'objet de plusieurs analyses scientifiques. La faculté de médecine légale de l'université de Gifu a conclu, en 1981, que ses larmes étaient des liquides humains de groupe sanguin O.

dité. Cette manière d'agir semble directement s'adresser "aux ministres de Son Fils" pour qui elle avait eu des mots très durs dès 1846 à La Salette, en parlant de "cloaque d'impureté". La place au doute n'est plus possible. Les événements qui se sont déroulés au Japon de 1973 à 1981 sont étroitement liés à ceux de Fatima.

Il y a d'abord le chiffre 13 qui revient en boucle, aussi bien à Fatima qu'à Akita. Pourquoi ce chiffre ? Les apparitions au Portugal, de mai à octobre, ont toutes eu lieu des 13. Au Japon, c'est aussi un 13 que le message d'Akita a été confié et pas n'importe lequel, le 13 octobre 1973, jour anniversaire du grand miracle du soleil, sans lequel les apparitions n'auraient jamais été reconnues puisque c'est le seul miracle dans l'histoire de l'humanité à avoir été annoncé à l'avance par cette Femme... Je remarque un autre point commun entre le secret de Fatima et le message d'Akita. Tous les deux semblent être ignorés, étouffés. Si l'un est secret, l'autre est public. Personne, pourtant, ne semble le connaître.

LE MESSAGE DE NOTRE-DAME D'AKITA

« Comme je vous l'ai déjà dit, si les hommes ne se repentent pas et ne s'améliorent pas. Dieu infligera un terrible châtiment à l'humanité.

Le jour où cela arrivera, cela sera terrible et au-delà de tout ce que vous avez vécu jusqu'à maintenant. Ce sera pire qu'au temps du déluge. Un feu va tomber du ciel et anéantira une grande partie de l'humanité. Aucun prêtre ni homme de foi ne sera épargné. Les survivants envieront les morts. Les seules armes qu'il vous restera seront le chapelet et la croix, le signe de mon Fils.

Priez pour le pape, les évêques et les prêtres avec le chapelet. »

NOTRE-DAME D'AKITA,
transmis par sœur Agnès Sasagawa,
13 octobre 1973.

J'appréhende de voir la statue de bois qui a défrayé la chronique pendant des années avant de sombrer dans l'anonymat. Arrivé en haut d'une colline, sur un terre-plein, mon taxi s'arrête devant un grand bâtiment avec un toit qui laisse penser à une chapelle. Personne alentour. Je m'aventure seul dans la grande bâtisse après avoir frappé à la vitre. Personne. Je me retrouve dans une chapelle avec des bancs et un autel. Sur les côtés, des paravents et une porte sur la droite. Instinctivement, je m'y dirige. La porte est entrouverte. Je la pousse et découvre une pièce beaucoup plus étroite, tout en longueur avec là aussi des chaises alignées et rangées.

Au bout de la salle, protégée derrière une vitrine de verre, elle est là. Seule. Face à moi. Je m'arrête, presque surpris de la découvrir si vite. Je me rapproche lentement de celle qui a enflammé le Japon et dont les larmes ont ému les téléspectateurs. Derrière elle, collée à son dos, une croix, elle aussi en bois. Elle semble être clouée sur ses épaules. C'est la double peine. Elle porte la croix et avec elle, son Fils crucifié.

À côté de la statue, un écriteau interdit de prendre des photos. Pourquoi interdire de garder le souvenir de ce nouveau miracle qui défie nos misérables cerveaux et notre orgueil démesuré ? Je ne comprends pas l'homme ingrat qui interdit au merveilleux de nous ouvrir le cœur et l'esprit et de questionner nos vies. Cette statue a versé de vraies larmes humaines pendant huit années, comme l'ont montré les analyses des laboratoires japonais. Silence total des média sur une information qui devrait tous nous interpeller. Pourquoi autant de défiance, de mépris, pour l'inconnu ?

AMSTERDAM, 25 MARS 1945

La sculpture n'est pas née au Japon des mains d'un artiste japonais. Elle a été façonnée en Europe, à Amsterdam, où la Vierge est apparue à la fin de la Seconde Guerre mondiale. Le moment n'est pas anodin, ni le choix du pays, c'est une évidence. Rien n'est laissé au hasard par la Mère des croyants. Pour la première fois, elle se présente sous l'appellation de Notre-Dame de tous les peuples. Tiens donc ! D'où vient cette volonté de vouloir rassembler tous les peuples sous son nom, comme une ultime protection dont seule une mère a le secret ? L'histoire de cette apparition commence le 25 mars 1945, jour de l'Annonciation, fête commune aux musulmans et aux chrétiens. La Vierge apparaît à une femme de 40 ans, Ida Peerdeman. 56 apparitions au total, de 1945 à 1959. Durée du prodige : 14 ans. Résultat : qui connaît le message de la Reine des prophètes, qui demande en urgence à son Fils d'envoyer-

SILENCE TOTAL DES MÉDIA SUR UNE INFORMATION QUI DEVRAIT TOUS NOUS INTERPELLER. POURQUOI AUTANT DE DÉFIANCE, DE MÉPRIS, POUR L'INCONNU ?

sur la Terre son Esprit pour « nous préserver de la corruption, des calamités et de la guerre » ? Je découvre qu'aux Pays-Bas, où la royauté subsiste encore pour alimenter les magazines people, elle délivrera une prière de rédemption et de paix. Cinq mois plus tard, le courageux président Truman balance à l'aveugle ses deux bombes atomiques sur les populations civiles. Hiroshima et Nagasaki entraient dans l'Histoire, par l'ignominie des uns et la lâcheté des autres.

L'homme reste sourd. Notre-Dame, infatigable, continue de délivrer ses messages, reconnus par l'Église en 2002. « Son action concerne tous les peuples » prend-elle soin de repréciser le 10 novembre 1953 à ceux qui n'auraient pas encore compris le sens de sa nouvelle venue. Cet appel vibrant à la paix, certains y seront sensibles. Un cardinal syrien, Moussa Daoud, se rend en pèlerinage à Amsterdam, sur les traces de cette avocate. Il ignore encore que son pays va devenir un nouveau "Sarajevo". Le message se diffuse mais avec une lenteur extrême. Le clergé est réticent et n'autorise que très rarement la diffusion de l'image de Notre-Dame de tous les peuples et de la prière qui l'accompagne. Pourquoi cette méfiance qui s'assimile clairement à un rejet ? Notre-Dame de tous les peuples prévient du danger et offre des solutions pour éviter le pire. En mars 1945, elle prévenait déjà de la bombe atomique. L'apparition suscite pourtant des réserves à cause de la prière qui la présente, non plus comme Marie mais comme une avocate, sans prénom et co-rédemptrice avec son Fils. Et voilà un nouveau dogme pour le Vatican ! Il sera difficile à digérer pour la curie, voire impossible, surtout quand on voit les difficultés que Rome a rencontrées avec le dogme de l'Immaculée Conception. Dans un pays protestant, la demande ne manque pas de souffle. Elle a juste le mérite de mettre les pieds dans le plat. À Rome, rien de nouveau. Ces nouvelles apparitions suscitent méfiance et rejet.

Quatorze ans après la fin des messages pour prévenir du chaos, Notre-Dame de tous les peuples se retrouve curieusement vénérée au Japon, en 1973, dans un couvent de religieuses japonaises. La Vierge contourne l'obstacle des Pays-Bas, avec un nouveau lieu, lui aussi, choisi. Si à Amsterdam, cinq mois avant le chaos nucléaire du 8 août 1945, elle invitait à prier pour la paix et à diffuser son message partout dans le monde, sa présence en larmes au Japon, 14 ans plus tard, pourrait confirmer un désastre bien pire que deux bombes atomiques, tuant en une seconde, 400 000 civils. Mais laissons cela aux hypothèses. Le hasard des rencontres va me révéler, une poignée d'années plus tard, une information incroyable : le message d'Akita correspond, presque mot pour mot, au troisième secret de Fatima. La relecture des déclarations du Vatican, notamment celles du futur pape Joseph Ratzinger, alors responsable de la Congrégation pour la doctrine de la foi, me le confirme. Je suis stupéfait, pétrifié. Le message a été redonné, mais qui l'a entendu ?

CE MIRACLE DIT EUCHARISTIQUE A ÉTÉ AUTHENTIFIÉ PAR LES SCIENTIFIQUES DE L'OMS EN 1973

Pour l'heure, je cherche dans la ville d'Akita des témoins qui auraient assisté aux lacrymations : 101 au total, durant 8 ans, jusqu'au 15 septembre 1981, jour où les larmes coulèrent pour la dernière fois. Par la suite, les oreilles de sœur Agnès s'ouvrirent enfin, miraculeusement guéries, le 30 mai 1982, dimanche de Pentecôte.

Le fait que ces lacrymations aient eu lieu dans une congrégation religieuse des Sœurs de l'Eucharistie n'est pas anodin à mes yeux. La Vierge, par ses larmes, veut attirer l'attention du monde sur ce phénomène que seule la foi entend et qui répond au nom étrange de trans-substantiation. À savoir, le changement du vin en sang et du pain en corps du Christ lors de la consécration eucharistique. Un autre “miracle” me revient à l'esprit.

LANCIANO, 1973

En Italie, la petite ville de Lanciano s'est construite autour d'un fait miraculeux unique au monde. Tout est parti d'une simple célébration de messe comme il en existe des millions chaque jour. Au VIIIe siècle, le curé de la chapelle des saints Légontien et Domitien voit soudainement l'hostie qu'il lève se recouvrir d'un bout de chair avec des taches rouges qui deviennent liquides et tombent dans son calice. L'assemblée retient son souffle. Le curé, lui, tombe à genoux devant le prodige.

Douze siècles plus tard, la fameuse hostie recouverte du bout de chair n'a toujours pas disparu. Elle est précieusement exposée dans un tabernacle transparent, dans la ville de Lanciano. Incroyable, inimaginable. Ce miracle dit eucharistique a été authentifié par les scientifiques de l'OMS en 1973. Leurs analyses confirment qu'il s'agit bien d'un bout de chair humaine et qu'il proviendrait du muscle du myocarde d'un cœur humain. Quant au liquide rouge, ce sont des gouttes de sang humain, de groupe AB, dont le sujet est dit receveur universel. Alors que les scientifiques des Nations-Unis vont de découvertes en découvertes en Italie, la même année au Japon, Notre-Dame de tous les peuples défrise la chronique. La statue en bois est scannée, les larmes analysées, trois groupes sanguins humains authentifiés : les groupes B, O et AB.

En découvrant les concordances entre les dates, les lieux et les personnes, j'ai de plus en plus l'impression de réaliser un puzzle géant. Tout s'imbrique, tout prend du sens.

LOUVECIENNES, LE 5 JUILLET 1988

Il est tard et l'appartement de mes parents est plongé dans le noir depuis quelques heures. Je monte les escaliers dont je connais le moindre bruit pour avoir su les déjouer pendant mes années de sorties nocturnes. Mais à l'étage, je m'arrête net devant une statuette fluorescente de la Vierge. Elle trône sur un guéridon avec une bible et une bougie. Le coin prière de ma tendre mère qui n'a eu de cesse d'invoquer le Ciel pour l'aider dans sa tâche quotidienne, cernée par six enfants et un mari absent à la présence autoritaire. Intrigué, je soulève par la tête la petite bouteille d'eau à forme humaine, objet vénéré par les marchands du temple, et la regarde, subjugué. Sans m'en rendre compte, me voilà dans ma chambre et machinalement, sans réfléchir, je pose le flacon béni sur la table encombrée qui me sert de bureau. Je me couche, assommé de fatigue, mais les yeux grands ouverts sur la statue que je regrette déjà d'avoir emmenée avec moi. Impossible de m'endormir. Elle éclaire comme le phare d'Ouessant par temps de brouillard. Impossible de me lever pour aller la mettre ailleurs et faire disparaître ses rayons. La fatigue me cloue au lit. Je regarde cette Vierge qui éclaire ma chambre. Combien de temps ? Je n'en sais rien. Mais dans mon cerveau fatigué, je vais me retrouver à parler à cette statuette de plastique qui rebute bien des personnes. Voici, mot pour mot, les pa-

LE SANCTUAIRE DE LA SALETTE
Le 19 septembre 1846, dans les alpages au dessus du village de La Salette en Isère, à 1 700 m d'altitude, une "Belle Dame" en pleurs, tout en lumière, apparaît à deux enfants bergers. Elle leur confie un message pour "tout son peuple".

roles que j'ai adressées à l'objet : « Toi qui es si maligne, dis-moi si tu as besoin de moi et si tu as envie de me voir ». Rideau.

Le lendemain, le 6 juillet, je prends ma moto, hésite à prendre mon casque intégral, et navigue entre Garches et Vaucresson. D'après le constat, il est 15h15 environ quand une voiture me propulse dans ce qui sera l'antichambre de ma nouvelle vie. Quinze jours de coma, une moto coupée en deux. Deux mois plus tard, à Lourdes, faisant mes premiers pas de journaliste, je me souviens de ces trois bouts de phrases lâchés un soir de grande fatigue. Leçon à tirer : attention à ce que vous dites, même par la pensée, à des objets dont la symbolique transcende la forme.

« Elle », « aquèro » (« celle-ci » en occitan) comme disait Bernadette Soubirous à Lourdes, est bien là. Sa protection maternelle ressemble à une présence réelle, mais imperceptible. Comme un sixième sens en alerte générale 24 h sur 24 et qui vous laisse libre de ne pas le suivre. À plusieurs reprises, j'ai ressenti sa présence, non physiquement, mais dans des actes réels dont la signature m'a souvent fait sourire et rire. Cette relation indescriptible, toujours remplie d'émotion, m'a toujours soutenu et permis de traverser avec empathie mes propres zones de turbulences.

Oui, les temps sont troublés. Mais je ne terminerai pas mon enquête sans vous présenter un dernier miracle. Celui d'un buste en bois d'une jeune femme dont les yeux semblent avoir été brûlés. Cette statuette a été retrouvée intacte, à Nagasaki, à 200 mètres du lieu où la bombe est tombé. La chapelle a été soufflée, mais la relique a survécu. Seuls ses yeux ont été brûlés par la fournaise nucléaire. C'est dans un musée que Mike Sata, un homme d'affaires japonais pacifiste la découvre. Bouleversé, il réussit à la rendre à la cathédrale de la ville, où, depuis, elle continue de toucher les visiteurs. Des religieux ont donné la statue à un musée. Un laïc la rend à l'Église. Personnage inclassable, des yeux joyeux sous d'épais sourcils grisonnants, à New York, aux Nations unies, Mike Sata ne rate pas une occasion de délivrer son message de paix à travers l'histoire de ce visage miraculé. L'humanité de cet homme, ambassadeur de Notre-Dame de Nagasaki, rayonne. Lui aussi a vu la Vierge. Et depuis plus de 25 ans, lui aussi milite pour la paix. Il y a urgence.

L'AUTEUR

Ancien grand reporter, **Pierre Barnérias** a travaillé pour la presse écrite, la radio et la télévision.
À son actif, une quarantaine de documentaires et de magazines, dont plusieurs films primés dans des festivals internationaux.
Il est l'auteur, le producteur et le réalisateur de *M et le 3e Secret*, un film enquête documentaire sur les apparitions de Marie ; et l'auteur d'un livre, *M, la fin d'un monde et Moâ*, où il révèle les derniers secrets de sa recherche, marquée par la présence mariale.

LES MIROIRS DE LA **GRÂCE**

Aude de Kerros est née dans des terres lointaines et colorées. Initiée à l'art de la gravure dans les ateliers des maîtres Henry Goetz, J. Frielander et S.W. Hayter, elle a développé sa propre technique d'impression, originale. Ses images sublimes, inspirées des mythes et des textes sacrés imprègnent l'œil, le papier, la matière. Voir ses œuvres miroitantes nous ravit et transforme notre mince vision du tout. Cette artiste aussi prolifique que discrète ouvre ici les lignes de son univers intérieur.

PAR **AUDE DE KERROS**

L' AUTEURE
Née en 1947, lauréate de l'Institut de France en 1988, **Aude de Kerros**, graveur et peintre figurant au catalogue des collections du National Museum of Women in the Arts à Washington, et du département des Estampes et de la photographie de la BNF, a présenté plus de 90 expositions en France et en Europe. Au centre d'un corpus de cinq cents eaux-fortes, huit cycles de gravures forment un ensemble lié par la même quête spirituelle : le Cycle du Fleuve. Diplômée en droit et sciences politiques, auteure de nombreux articles et essayiste de renom, elle s'attache à déchiffrer l'évolution « souterraine » de la création artistique.

“Mes premiers souvenirs sont d'immenses paysages...

Tout a commencé le jour où je suis entrée pour la première fois dans un atelier de gravure. J'ai éprouvé un attrait immédiat pour le miroir flamboyant du cuivre, la lumière argentée du zinc, l'obscurité veloutée de l'encre, le tranchant du burin, les bouillonnements des acides, les odeurs. Ce monde m'était mystérieusement familier... Serait-ce une empreinte familiale ? Mon arrière-grand-père, que je n'ai pas connu, était peintre et graveur.

Le peintre voit les formes et les images émerger de la toile et s'imposer. Quand vous gravez, vous partez en voyage vers une destination connue, mais sans comprendre à l'avance pourquoi. En peinture, vous êtes pris par l'élan de partir, et tout le reste est aventure.

Quand j'ai commencé à graver, j'avais curieusement une image qui se formait, à l'intérieur de l'œil, comme s'il fonctionnait des deux côtés. Elle était ronde, nette, colorée, pleine d'espace et d'atmosphère, comme formée d'une superposition de voiles colorés. Elle s'imposait. Il fallait trouver le moyen technique de la tirer dehors.

PAGE PRÉCÉDENTE
Le Ciel ouvert,
Le Cœur d'Amour Épris, 1985.

CI-CONTRE
Aux carrefours de l'espace et du temps,
Le Chemin des Étoiles, 1990.

À GAUCHE
L'Arche,
Le Cœur d'Amour Épris, 1986.

À DROITE
Le Creuset,
Le Chant du Monde, 1992.

PAGE SUIVANTE
Le Temple de Vénus,
L' Hortus Conclusus, 1982.

J'ai trouvé un chemin grâce à cette matière singulière qu'est le cuivre et le zinc dont on faisait jadis des miroirs. J'avais besoin de leur résistance qui m'imposait l'usage d'outils tranchants et dissolvants. Avec eux, je pouvais imaginer – en le faisant – de grands espaces lisses, des sillons, des reliefs, des ravins. Grâce à eux, je capturais lumière, reflets et lueurs en y déposant les encres. J'ai pris le parti de graver profondément ma plaque pour y loger trois couches de couleurs, trois encrages plus ou moins chargés d'huile qui se superposent sans se mélanger grâce à la différence de viscosité de chaque couche. La première est encrée à la main et recouverte de deux autres couches posées à l'aide de rouleaux de densité différente. Une seule plaque et une seule presse. Il en résultait une vibration lumineuse de la couleur née de la transparence et du glacis. Créer devenait un combat amoureux.

Les images ainsi s'imposaient et se succédaient. Je découvrais leur signification, leur enchaînement beaucoup plus lentement que je ne les gravais. Une fois achevées, elles me dévoilaient un sens qui submergeait les mots. Elles faisaient remonter à la surface ma conscience du monde, la rendaient visible. Mon intelligence ne comprenait que si ma main faisait une image.

Ainsi les images naissent avant les mots et rayonnent d'une aura.
Les mots quant à eux ont pour destin, une fois dépouillés de leur poésie originelle, de devenir pur concept et fort utiles. Ce sont deux langages irremplaçables l'un et l'autre.

PAGE PRÉCÉDENTE
Occident,
Le Chemin des Étoiles, 1991.

CI-CONTRE
Portail de gloire,
Le Chemin des Étoiles, 1989.

PAGE SUIVANTE
La Fuite des îles,
Le Chant du Monde, 1995.

LE CYCLE DU FLEUVE
Paysages intérieurs
1975-1977
Iggdrasil
1977-1980
La Genèse
1980-1982
L'Hortus Conclusus
1982-1985
Le Cœur d'Amour Épris
1985-1987
Le Chemin des Étoiles
1988-1991
Le Chant du Monde
1992-1995
L'Art d'Aimer
2000

Alors que j'achevais de graver le *Chemin des Étoiles*, je fus hantée par de nouvelles images dont je ne comprenais ni l'origine ni le sens. J'y attachais cependant le nom de *Chant du Monde* et me mis au travail. Ces gravures avaient cependant un détail en commun : la ligne nette, insistante d'une rive séparant une sombre forêt, des eaux lumineuses d'une rivière.

Cette image originelle a sans doute pris forme lors des longues soirées d'été passées sur les rives désertes de La Bouble, rejointes à l'heure "de la fraîche". Lorsque le soleil descendait vertigineusement, nous devenions soudain silencieux, attentifs à l'instant où ses rayons obliques pénétreraient les sous-bois, enflammeraient chaque herbe, chaque branche de la forêt, strieraient les eaux noires de la rivière de longues coulées d'or en fusion... où ils nous rendraient tous iridescents. En gravant, je vis cette rive familière se métamorphoser en scène du théâtre du monde. L'humble rivière devint le grand fleuve du temps que rien n'arrête, descendant de ses sources originelles pour rejoindre l'océan des fins dernières.

Je m'aperçus alors que j'étais en train de graver l'Apocalypse de Saint Jean.

Je me rends compte avec le recul du temps que depuis ma plus petite enfance, je vois ce qui m'entoure auréolé d'une "gloire" et qu'il en résulte le besoin intense d'y répondre immédiatement en faisant quelque chose. Toute chose provoque en moi l'apparition d'images rondes et colorées, pleines d'éclats comme une eau transparente. Elles sont nettes, vivantes, omniprésentes, jusqu'à ce que je les imprime sur papier. Si je ne le fais pas, si je ne corresponds pas à cet émerveillement, il devient douloureux, écrasant, mortel.

Créer est simple, c'est danser sur sa limite, sur le sol qui résiste,

sur la contingence de la matière et la pauvreté de l'être devant la beauté incréée. Platon disait « Amour est fille de richesse et de pauvreté ».

Comme beaucoup, je pratique un art de béguinage. Dans ce refuge, j'ai installé une presse, dressé un chevalet, et j'y attends la grâce de l'image. En ce lieu, j'ai congédié l'histoire qui a exclu la peinture. Je la raconte certes, mais je ne prends la plume qu'après avoir soigneusement fermé la porte de l'atelier.

La nuit est mon berceau
Le Chemin des Étoiles,
1991.

BIBLIOGRAPHIE

Sacré art contemporain,
éd. Jean-Cyrillle Godefroy, 2012
Les Années noires de la peinture,
éd. Pierre-Guillaume de Roux, 2013
L'Art caché, les dissidents de l'art contemporain,
éd. Eyrolles, 2013
L'Imposture de l'art contemporain,
éd. Eyrolles, 2015

www.audedekerros.fr

LE DROIT
HUMAIN

FÉMINISME ET FRANC-MAÇONNERIE

Levons le voile sur une histoire méconnue. Celle des liens étroits unissant les pionnières du féminisme au XIXe siècle, avec les Francs-maçons. Cette lutte commune et "fraternelle" pour l'égalité des sexes aboutira à l'ouverture de la Maçonnerie aux femmes, avec en particulier la création du Droit Humain, issu de la première loge mixte créée à Paris. Les cinquante premières années du Droit Humain, devenu alors l'incubateur d'un féminisme "politique", seront des années de combat acharné pour gagner les premiers droits des femmes.

DOMINIQUE SEGALEN

Nous sommes sous le second Empire, en pleine révolution industrielle. Le développement du réseau ferroviaire, la généralisation des machines à vapeur, les demandes croissantes de production, entraînent une misère ouvrière due aux terribles conditions de travail. Les femmes et les enfants – on en dénombre plus de 125 000, embauchés dès leur plus jeune âge – endurent des journées de 12 à 14 heures dans les usines ou les manufactures.
Paris est un vaste chantier. Les travaux haussmanniens bouleversent le centre de la capitale et repoussent les populations pauvres vers la périphérie, où les familles s'entassent dans des logements insalubres, confrontées à la violence, l'alcoolisme, la prostitution. Les trois quarts des Parisiens vivent sous le seuil de pauvreté dans des bidonvilles surpeuplés. La mortalité infantile atteint un seuil critique. Les ouvrières, qui ne peuvent allaiter leurs nouveau-nés, les confient aux nourrices chez qui le manque d'hygiène et la négligence font des ravages. On recense de nombreux abandons et infanticides.

Dans les milieux protestants, juifs et catholiques où l'on s'investit depuis longtemps dans les œuvres charitables, mais aussi chez les bourgeoises philanthropes, les femmes prennent conscience de la gravité de la situation et, surtout, de leur impuissance. Les républicains humanistes rivalisent d'idées, de projets, d'enthousiasme. Ils rêvent d'édifier les bases d'une société démocratique, réduire les inégalités sociales, lutter contre la précarité, contrer l'influence de l'Église au sein des familles ; bref, en finir avec le second Empire. Leur épouse, leurs sœurs, leurs filles veulent participer à cette aventure, mais leur statut de mineures sous tutelle leur interdit toute initiative.

Comment trouver sa place dans la société en tant que citoyenne, lorsqu'on est privée de tout droit civil et civique ? Comment participer à la grande aventure républicaine toute proche ? Comment agir efficacement, sachant que dans cette société gérée par et pour les hommes, les femmes sont privées d'instruction et considérées comme des êtres de second rang ?

L'INFÉRIORITÉ LÉGALISÉE DES FEMMES

La Déclaration des droits de l'homme et du citoyen exclut la femme et la citoyenne, quant au suffrage universel établi en 1848, il n'est que masculin. Le peu de droits obtenus sous la Convention qui a fondé la première République, notamment l'égalité des époux devant la loi et l'autorisation de divorce par consentement mutuel, ont été supprimés avec le code civil de 1804.

Le Code Napoléon affirme l'incapacité juridique totale des femmes mariées, qui passent de la tutelle du père à celle du mari,

> **“ LES PERSONNES PRIVÉES DE DROITS JURIDIQUES SONT LES MINEURS, LES FEMMES MARIÉES, LES CRIMINELS ET LES DÉBILES MENTAUX ”**
>
> **ART. 1124, CODE CIVIL DES FRANÇAIS, 1804**

ne peuvent étudier (l'accès aux lycées et aux universités est interdit aux jeunes filles), exercer un métier, toucher elles-mêmes leur salaire ou gérer leurs biens sans le consentement du mari. Bien qu'elles paient des impôts, la loi les exclut de tout droit civique. Seules les veuves et les célibataires les plus aisées ont une relative indépendance et peuvent librement gérer leur patrimoine. Les autres ont le choix entre mariage ou prostitution.

L'héritage touché par les sœurs Maria Deraismes et Anna Féresse-Deraismes, issues de la bourgeoisie du négoce, leur garantit ainsi leur indépendance financière et morale. La femme de lettres, philosophe, libre penseuse et anticléricale Maria Deraismes [1] est révoltée par cette infériorité institutionnelle des femmes. En 1866, pour contrer une énième attaque de l'Église contre la Franc-maçonnerie, le journaliste Léon Richer [2] et quelques Frères de sa loge décident d'organiser, au siège du Grand Orient de France, des conférences publiques ouvertes aux femmes. Parmi les orateurs, ils invitent Maria Deraismes, dont ils connaissent les qualités littéraires et ses idées sur l'émancipation féminine. Dès ses premières conférences, le public découvre son grand talent oratoire. Très vite, elle délaisse les thèmes qui lui sont familiers (la littérature, la morale), au profit de ceux qui la préoccupent, notamment l'égalité des sexes et l'implication des femmes au sein de la vie sociale, condition indispensable à une réelle transformation de la société. Sa célébrité est immédiate.

Maria Deraismes et Léon Richer décident d'organiser une “politique d'agitation légale”. En avril 1870, naît L'Association pour le droit des femmes, qui réclame l'égalité des sexes devant la loi et devant les mœurs. Les femmes ne pouvant fonder d'association, Maria Deraismes laisse la présidence à Léon Richer. Mais la guerre franco-prussienne bouleverse leurs plans. La défaite des troupes françaises en 1870 provoque la chute de l'Empire, l'exil de Napoléon III et permet en France la naissance de la troisième République.

La capitale est bombardée, puis encerclée par les Prussiens. La honte de la capitulation et la sensation d'abandon par le gouvernement, incapable d'organiser la résistance, s'ajoutent à la famine lors d'un hiver rigoureux. Le gouvernement provisoire d'Adolphe Thiers, qui craint une révolution, ordonne en mars 1871 de s'emparer des 227 canons de la garde nationale sur la butte Montmartre et à Belleville. Le peuple, qui a payé ces canons par souscription, n'entend pas se laisser désarmer. Se sentant trahi, il s'organise, élève des barricades et

LES FEMMES DÉFENDENT AUSSI LA CAPITALE, GÈRENT DES RÉUNIONS DE QUARTIER ET FONDENT L'UNION DES FEMMES POUR LA DÉFENSE DE PARIS ET LES SOINS AUX BLESSÉS

nomme un Conseil communal : la Commune de Paris. On décrète la séparation des Églises et de l'État, la République universelle, la démocratie directe, l'enseignement laïque et gratuit, l'installation de coopératives ouvrières dans les fabriques abandonnées, la fin des exploiteurs, la terre aux paysans, l'outil à l'ouvrier, du travail pour tous mais... l'aventure tourne court.

AMAZONES ET COMMUNARDES

Après la création, en octobre 1870, des "Amazones de la Seine" – huit compagnies de 150 femmes « sans distinction de classes sociales [...] destinées à défendre les remparts et les embuscades [. . .] armées de fusils légers » contre les Prussiens – ; les femmes, réunies en assemblée, décident de se mettre à la disposition de la Commune pour former des ambulances qui suivent les bataillons engagés et évacuent les blessés. Les femmes défendent aussi la capitale, gèrent des réunions de quartier et fondent L'Union des femmes pour la défense de Paris et les soins aux blessés. Parmi les plus actives se trouvent entre autres Louise Michel [(3)] et André Léo [(4)].

Pour entrer dans Paris, les Versaillais tirent à boulets rouges sur le Champ-de-Mars et le ministère des Finances. La Commune allume des contre-feux pour ralentir leur progression. Dans la ville en flammes, on abat sommairement les femmes aux mains noircies par la fumée, « les pétroleuses, les mégères, les prostituées, les incendiaires », jeunes ou vieilles que l'on a vues, dit-on, brandissant des pots de pétrole et séduisant les hommes, les traits grossiers et cheveux sales, le visage défiguré par la débauche... Perpétuelles antiennes anti-femmes.

Louise Michel, « la vierge rouge » qui animait chaque soir à l'église Saint-Bernard de la Chapelle, le Club de la Révolution, raconte : « Parmi les plus implacables lutteurs qui combattirent l'invasion et défendent la République comme l'aurore de la liberté, les femmes sont en nombre. Toutes les sociétés de femmes ne pensant qu'à l'heure terrible où l'on était, se rallièrent à la société de secours pour les victimes de la guerre, où les

PAGE D'OUVERTURE
Patente de Constitution du Droits Humain, 4 avril 1893.

À DROITE
La Commune de Paris, Prison des Chantiers à Versailles, 15 août 1871. Photomontage

bourgeoises, les femmes de ces membres de la Défense nationale qui nous défendaient si peu, furent héroïques. Les armées de la Commune aussi comptèrent des femmes cantinières, ambulancières, soldats... »

En mai 1871, à l'issue de la semaine sanglante, on compte 20 000 morts et 40 000 arrestations. Les Versaillais exécutent les derniers communards contre le "mur des Fédérés" au cimetière du Père-Lachaise. Plus de mille femmes, fières d'être qualifiées de "communardes" – mot dérivé de "communiste" – sont accusées d'avoir participé à l'insurrection. Humiliées, battues, des centaines sont entassées à Versailles, à la prison des Chantiers, certaines s'exilent, comme André Léo en Suisse ou Marie Bonnevial (5) en Turquie, d'autres sont déportées, telle Louise Michel en Nouvelle-Calédonie.

Lors du procès des "pétroleuses", le commissaire du gouvernement attribue l'origine des exactions à « la dangereuse utopie que représente l'émancipation des femmes, aux yeux desquelles on a fait miroiter la possibilité d'être un jour avocats, magistrats, députés et, que sait-on, des généraux d'armées peut-être ! Des exagérations qui ont pris naissance dans les écrits de certaines femmes auteurs ».

" UN FAIT IMPORTANT ENTRE TOUS QU'A MIS EN LUMIÈRE LA RÉVOLUTION DE PARIS, C'EST L'ENTRÉE DES FEMMES DANS LA POLITIQUE "

BENOIT MALON, JOURNALISTE

1ER CONGRÈS INTERNATIONAL DU DROIT DES FEMMES

« Jeudi soir, une société choisie se réunissait au Grand Orient, rue Cadet. Il y avait là des femmes laides, des femmes charmantes, de vieilles ladies et de jeunes misses. L'Amérique avait fourni la meilleure part de l'assistance. Quelques hommes se sont égarés dans cette assemblée gracieuse : deux ou trois sénateurs et députés, plusieurs conseillers municipaux » chronique, ironique, *Le Figaro* du 28 juillet 1878.

À l'occasion de l'Exposition universelle de 1878 qui consacre des inventions comme le téléphone, le phonographe, la lumière électrique ; Maria Deraismes, Léon Richer et leurs amis organisent le Congrès international du droit des femmes qui aborde cinq thèmes majeurs : histoire, éducation, économie, morale et législation. Ce Congrès, de grande envergure pour l'époque, rassemble plus de 600 participants (dont une centaine d'hommes) originaires de onze nations. Il est couvert par des journalistes de tous pays. Là, grâce à l'énorme publicité et à l'afflux de visiteurs drainés par l'Exposition universelle, sont bâties les bases du mouvement féministe transnational et international.

En 1882, Léon Richer fonde la Ligue française pour le droit des femmes, laissant la présidence de la Société pour l'amélioration du sort de la femme à Maria Deraismes. Ces deux groupes féministes majeurs, organisateurs des principaux congrès internationaux à venir, seront dirigés par les futurs fondateurs du Droit Humain et soutenus par plusieurs personnalités. Leurs revendications visent la refonte du code civil pour établir l'égalité des sexes devant la loi, le droit de vote et d'éligibilité des femmes, les droits de la mère et de l'enfant, la coéducation, la recherche de paternité. Ces dossiers prennent corps et se transforment en projets de loi, portés à la Chambre par le tout nouveau groupe parlementaire des Droits des femmes.

UNE FRANC-MAÇONNE EST INITIÉE

La même année, Léon Richer et Georges Martin [(6)], féministe convaincu qui a rejoint le groupe, tentent à nouveau de convaincre leurs Frères que la mixité serait un enrichissement pour la Franc-maçonnerie. Comme le fait remarquer Léon Richer : « Si les femmes ont peur de la Franc-maçonnerie, la Franc-maçonnerie a encore plus peur des femmes ! » Leurs arguments sont finalement entendus. Contre l'avis de leur hiérarchie, mais en se basant sur le principe d'autonomie des loges inscrit dans la constitution de la Grande Loge Symbolique Écossaise, les Frères de la loge Les Libres Penseurs à l'Orient du Pecq décident d'initier Maria Deraismes dans les mêmes conditions qu'un homme.

Lors du banquet qui suit la cérémonie, Maria prononce un discours brillant devant des sommités maçonniques et profanes. Elle félicite les Frères pour leur courage : « La porte que vous m'avez ouverte ne se refermera pas sur moi. Toute une légion me suivra. Vous avez fait preuve de sagesse et d'énergie. Par vous, un préjugé est vaincu. Vous êtes une minorité, mais une minorité glorieuse à laquelle bientôt sera forcée de se rallier la majorité des loges récalcitrantes. » Cette initiation déclenche un scandale. La loge est finalement dissoute. Pendant onze ans, Maria sera tenue à l'écart du monde maçonnique.

LE DROIT HUMAIN : SŒURS EN FRATERNITÉ

En 1889, le Congrès international du droit des femmes que Maria Deraismes organise avec Léon Richer s'inscrit dans le programme de l'Exposition universelle. Il est commenté dans les journaux français et étrangers, et reçoit le soutien des organisateurs du Congrès de la libre pensée. À cette date, sont réunis l'intégralité des futurs membres fondateurs du Droit Humain : les fidèles "lieutenants" de Maria Deraismes, devenue chef de file d'un réseau social qui dépasse une centaine d'hommes et de femmes. Hormis des libres penseurs et des francs-maçons, ce réseau militant – qui représente un formidable exercice de mixité sur le terrain – compte des pacifistes, des abolitionnistes, des parlementaires, des membres du gouvernement, des avocats, des académiciens, des philanthropes, des scientifiques, des magistrats, des universitaires, des journalistes, des sociologues, des femmes de lettres... Tous souhaitent bâtir ensemble une société plus équitable, plus fraternelle...

Malgré de multiples tentatives, Georges Martin ne parvient pas à convaincre ses Frères d'ouvrir leurs temples aux femmes. Comment admettre que la Franc-maçonnerie, sensée unir fraternellement et sur toute la Terre les êtres humains de toutes origines ethniques, de toutes nationalités et de toutes religions, persiste à écarter les femmes, alors qu'elles représentent la moitié de l'humanité ?

Maria Deraismes est atteinte d'un cancer, ses forces déclinent. Tous deux décident de fonder une loge mixte. Au printemps 1893, assistée des conseils de Georges Martin, Maria initie la quinzaine de femmes qui forment le noyau de son réseau féministe. Le 4 avril est fondée la Grande Loge Symbolique Écossaise Mixte de France Le Droit Humain, à laquelle s'affilie Georges Martin.

DEVENUES SŒURS EN FRATERNITÉ, CES MILITANTES DE TERRAIN DÉCOUVRENT LA MÉTHODE MAÇONNIQUE ET LA RICHESSE DES TRAVAUX EN LOGE

Devenues Sœurs en fraternité, ces militantes de terrain découvrent la méthode maçonnique et la richesse des travaux en loge. Travaux que viennent rapidement partager des Frères visiteurs, étonnés d'assister à de brillants discours (... pour des femmes !) et suivis de prises de parole pertinentes. Certains Frères d'obédiences masculines demandent leur affiliation, des hommes et femmes sont initiés, et plusieurs loges s'ouvrent en France et à l'étranger.

Maria Deraismes meurt quelques mois après la fondation du Droit Humain, laissant à Georges Martin la lourde tâche de la constitution de la Franc-maçonnerie mixte, que les obédiences masculines refuseront de reconnaître pendant de longues années.

LA FRONDE, PREMIER JOURNAL FAIT PAR DES FEMMES

La journaliste Marguerite Durand, première "patronne de presse", crée en 1897 le journal *La Fronde*, entièrement rédigé et imprimé par des femmes. Il est l'un des premiers journaux féministes d'une longue série de quotidiens ou d'hebdomadaires, organes des revendications en cours, permettant notamment aux premières Sœurs du Droit Humain d'expérimenter le journalisme de terrain, forçant leur entrée dans des lieux qui leur étaient jusque là inaccessibles : Sénat, tribunaux, Bourse. Les femmes prouvent à la société qu'elles savent s'organiser et travailler efficacement sur les grandes réformes sociétales en cours. Les ligues féministes leur permettent également de travailler dans une parfaite mixité sociale, aux côtés de compagnes de condition modeste qu'elles n'auraient jamais rencontrées ailleurs.

En 1900, se tient le Congrès international de la condition et des droits des femmes, qui débat de questions économiques et sociales, d'éducation, de législation, de droit privé et de droit public. Les résolutions et les vœux s'affinent, les rapports sont plus précis, plus techniques, une transition s'opère sensiblement du droit de la femme aux droits des femmes.

L'année suivante est fondé le Conseil national des femmes françaises (CNFF), affilié au Conseil international des femmes basé à Washington. Cet organisme rassemble la quasi-totalité des sociétés féministes et donne toute légitimité au mouvement. Les Sœurs du Droit Humain en forment le comité fondateur, aux côtés des philanthropes.

Marie Georges Martin, épouse de Georges Martin et première Grande Maîtresse de l'Ordre en 1902, siège au comité exécutif du CNFF où elle porte auprès des autorités les revendications féministes et s'assure de l'appui des principaux membres du gouvernement. Elle est reçue à plusieurs reprises en audience particulière par le président de la République et le président du Conseil.

En 1901, est constitué l'Ordre Maçonnique Mixte International Le Droit Humain (OMMI LDH), qui s'agrandit en France et à l'étranger : aux États-Unis d'Amérique grâce au Frère Antoine Muzzarelli, en Angleterre avec la Sœur Annie Besant [(7)] qui fondera plusieurs loges en Inde, en Hollande, en Nouvelle-Zélande, en Afrique du Sud, aux Indes orientales néerlandaises. Après la fondation de la loge n° 6 *Human Duty*, à Londres, à Piccadilly, en septembre 1902, la Vénérable Annie Besant déclare : « Si ce sont les Anglais qui ont porté la Franc-maçonnerie à la France, ce sont les Français aujourd'hui qui la rapportent régénérée à l'Angleterre, complétée et fortifiée par l'admission de la femme dans la Loge, à côté de l'homme. » La Franc-maçonnerie Mixte compte en 1905 près de 350 loges implantées un peu partout dans le monde et rassemble plusieurs milliers de membres.

UN DEMI-SIÈCLE DE LUTTES POUR L'ÉGALITÉ

En 1916, le siège du Droit Humain International est achevé. Une phrase est gravée sur sa façade, soulignant la portée du défi lancé un demi-siècle auparavant par

Maria Deraismes et relevé par Georges Martin : « Dans l'humanité, la femme a les mêmes devoirs que l'homme, elle doit avoir les mêmes droits dans la famille et la société ». Ainsi s'achève le premier chapitre d'une obédience dont la mixité a été conçue dès sa fondation et sous l'impulsion d'une femme, en des temps où le désir de liberté, d'égalité et de fraternité des femmes était choquant, voire inadmissible, pour les sociétés civile et maçonnique.

Une vingtaine de lois en faveur des droits de la femme et de l'enfant ont été votées pendant cette période, dont celle du 23 janvier 1898, initiée par Maria Deraismes, donnant aux femmes commerçantes le droit d'élire les juges des tribunaux de commerce.

Voilà comment le mouvement féministe réformateur du XIXe siècle, destiné au départ à obtenir pour les femmes des droits civils, puis civiques, a conduit à la formation d'une Maçonnerie mixte affirmant l'égalité de l'homme et de la femme, rassemblant des Francs-maçons de tous les continents, sans distinction d'ordre social, ethnique, philosophique ou religieux. À ce jour, l'OMMI LDH compte plus de 30 000 membres, hommes et femmes, répartis dans 70 pays. Éclairés par l'expérience transmise par nos pionniers, et conscients de nos responsabilités, nous nous efforçons de bâtir un monde plus juste en répondant – avec modernité et dans une dimension internationale – aux bouleversements actuels de notre société.

[redacted]

NOTES

(1) Maria Deraismes
(1828-1894)
Femme de lettres, militante et polémiste de talent, co-fondatrice en 1869 du journal *Le Droit des femmes*, elle va consacrer sa vie à la libre pensée et à la défense des droits de la femme et de l'enfant. Première femme initiée dans une obédience masculine, elle fondera la première loge mixte, La Grande Loge Symbolique Écossaise Le Droit Humain, qui deviendra très vite une obédience internationale : l'Ordre maçonnique mixte international Le Droit Humain.

(2) Léon Richer
(1824-1911)
Clerc de notaire, journaliste à *L'Opinion nationale* et rédacteur en chef du *Petit parisien*, co-fondateur de l'hebdomadaire *Le Droit des femmes*, féministe convaincu, il va multiplier les écrits et les propositions de loi contre les discriminations subies par les femmes. Vénérable d'une loge du Grand Orient de France, son influence sera essentielle dans l'organisation des premières sociétés et congrès féministes. Son caractère autoritaire l'isolera les dernières années de sa vie de lutte.

(3) Louise Michel
(1830-1905)
Institutrice et militante féministe, elle sera l'une des figures majeures de la Commune de Paris puis de l'anarchisme, co-fondatrice du journal *Le Libertaire* en 1895. Elle sera membre initiée, co-optée, de la Grande Loge Symbolique Écossaise Mixte et Maintenue, d'orientation libertaire et dissoute en 1904.

(4) Victoire Léodile Béra, dite **André Léo**
(1824-1900)
Romancière, essayiste et journaliste féministe, anarchiste, membre de la Première Internationale, elle créera en 1866 l'Association pour l'amélioration de

l'enseignement des femmes, et abritera en 1869 la naissance de la Société pour la revendication des droits civils des femmes.

(5) Marie Bonnevial (1841-1918)
Institutrice, pionnière du féminisme et du syndicalisme, fondatrice du syndicat des membres laïques de l'enseignement privé, co-fondatrice de l'Union des travailleurs, elle sera la première femme élue membre du Conseil supérieur du travail. Initiée à la loge N°1 du Droit Humain en 1894, elle créera l'année suivante à Lyon la loge n°2, puis fondera la loge n°4 à Paris en 1904, et sera Grand Maître du Droit Humain entre 1916 et 1918.

(6) Georges Martin (1844-1916)
Médecin, féministe, libre penseur et plus jeune sénateur de France. Initié au rite écossais, co-fondateur de la Grande Loge Symbolique Écossaise, il fondera avec Maria Deraismes la Grande Loge Symbolique Écossaise Mixte Le Droit Humain en 1893.

(7) Annie Besant (1847-1933)
Féministe, libre penseuse, socialiste et théosophe britannique, qui prit part à la lutte ouvrière avant de diriger la Société théosophique à partir de 1907 jusqu'à sa mort. Très engagée dans la lutte pour l'indépendance de l'Inde, elle est aussi connue comme ayant été la " mère spirituelle " de Jiddu Krishnamurti entre 1909 et 1929.

L'AUTEURE

Graphiste et plasticienne, **Dominique Segalen** est Franc-maçonne et l'auteure de cinq romans et de plusieurs monographies historiques. Outre son ouvrage primé sur la genèse et la création de l'Ordre Maçonnique Mixte International Le Droit Humain – dont elle est membre –, elle a aussi réalisé les biographies de plusieurs membres fondatrices du Droit Humain : Marie Becquet de Vienne, Maria Pognon et Marie Bonnevial.

L'OUVRAGE

Genèse et fondation de l'Ordre Maçonnique Mixte International Le Droit Humain, Detrad 2016.
Ce livre, incontournable, nous relate un demi-siècle d'histoires, de batailles et de victoires pour les droits des femmes, de 1866 à 1916, entre la seconde et la troisième République. Une période charnière entre la Commune, les Expositions universelles et la séparation de l'Église et de l'État. Ces pages, largement illustrées et foisonnantes de citations passionnées, nous projettent dans cette époque où une kyrielle de dames cintrées dans leurs baleines et longues jupes aux multiples volants battaient le pavé au nom de l'égalité des droits et de la paix universelle.

À GAUCHE
Bannière du Suprême Conseil du Droit Humain

À DROITE
L'action féministe, Le Petit journal (détail), 17 mai 1908.
Des suffragettes françaises, menées par la journaliste Hubertine Auclert envahissent une section de vote et s'emparent de l'urne électorale.

LA RÉVOLUTION DU **ROJAVA**

Jinéolojî. Ce petit livret auto-édité d'une cinquantaine de pages constitue un cadre d'analyse féministe, fondé en 2008 : un manifeste qui critique l'androcentrisme – le point de vue masculin dominant – dans les sciences sociales, notamment européennes ; et qui pose les jalons d'une histoire de la libération de la femme. Cette théorie passionnante prend racine dans le quotidien des femmes kurdes, qui se battent dans le Kurdistan syrien pour lutter contre l'oppression coloniale et l'oppression masculine. Reprendre le pouvoir politiquement, en ce sens, ne s'envisage pas sans la perspective nouvelle d'une histoire alternative à la domination masculine. Rencontre avec Hazal Karakus, porte-parole des relations extérieures du mouvement des femmes kurdes en France.

PROPOS RECUEILLIS PAR **ALICE GROULT**

Comment définir la Jinéolojî ? S'agit-il pour vous de dessiner les contours d'une science sociale axée sur le féminin ? Développer une "science des femmes", excluant l'homme ?

Hazal Karakus : La première chose à dire sur la Jinéolojî est qu'il ne s'agit pas de catégoriser. Surtout pas. L'idée d'exclure l'homme d'une telle redéfinition des sciences sociales nous parait absurde et contre-productive. Nous ne voulons pas renverser l'ordre des choses au sens de prendre le pouvoir sur les hommes – ce que nous revendiquons, c'est la fin du pouvoir comme principe masculin. Même si étymologiquement, "Jineoloji" vient de Jin, qui signifie femme dans notre langue, et loji vient du grec logos : discours, raison. Définir la Jinéolojî comme l'étude du monde féminin parait trop réducteur. Jin vient de Jiyan : la vie, et de Cihan : la terre. Soit l'étude des sciences de la femme et de la vie, du féminin comme rattaché à la nature. Éviter les pensées séparatistes, qui opposent l'homme/la femme, le vivant/le mort, sont à la base de notre éthique et politique féministe et révolutionnaire. Opposer, qu'est-ce que c'est finalement ? C'est reproduire des rapports d'exclusion et de domination, la logique capitaliste.

Redessiner une histoire des femmes permet bien sûr, dans une visée d'émancipation, de prendre conscience des oppressions capitalistes, paternalistes – mais nous avons besoin que les hommes, eux aussi, changent leur regard sur la façon que nous avons de raconter l'Histoire, parce que la définition de la femme que donnent les sciences sociales hégémoniques nous parait totalement erronée. Non, la femme n'est pas à l'origine des problèmes de notre société ! Le changement révolutionnaire, pour nous, ne peut venir que des femmes, de leur appropriation de la mythologie, de la sociologie, de la théologie... des sciences en général.

Que serait justement cette définition alternative de la femme, du féminin, loin des carcans de ce que vous appelez la modernité capitaliste et de la société patriarcale en général ?

La Jinéolojî ne peut se comprendre sans la connaissance du mouvement révolutionnaire des femmes kurdes. Notre leader, Abdullah Öcalan, leader du Parti des travailleurs du Kurdistan emprisonné depuis 1999, a énoncé dans *La Sociologie de la Liberté* qu'on ne peut mener une révolution de lutte des classes, se libérer du nationalisme et du colonialisme, sans libérer les femmes, pour qu'elles s'emparent de leur propre histoire – dans leur tête, mais aussi dans leur cœur, dans leur corps. Justement parce qu'il nous faut sortir du principe de pouvoir ! Tant que les hommes exerceront une domination, voire une oppression sur les femmes, aucune révolution – comme changement radical de société – ne pourra advenir. L'Histoire a été écrite par des hommes, les livres sont encore écrits par les hommes, même les livres d'histoires sur les femmes !

QU'EST-CE QUE LE ROJAVA ? PAR CAROL MANN

Alors que la planète entière semble s'être polarisée sur la destruction qui sévit sans discontinuer en Syrie, peu savent que s'est construite dans cette même région une alternative viable, sous la forme d'un projet social laïque, égalitaire, coopératif et écologique. C'est dans le Kurdistan syrien autonome autoproclamé, le Rojava, composé de trois provinces situées à la frontière turque, Djizire, Kobanê et Afrin, que se déroule cette expérience unique que le gouvernement de Recep Erdogan s'évertue à anéantir.

Depuis les accords franco-britanniques de Sykes-Picot signés en 1916, le peuple kurde a été reparti dans quatre pays, dont trois créés à partir du morcellement de l'Empire ottoman. Les Kurdes sont de nos jours 4,6 millions en Irak, 2 millions en Syrie, 15 millions en Turquie et 5 millions en Iran. À ceux-là s'ajoute le million et demi qui vit en exil en Europe. Ces populations partagent de nombreux aspects culturels et linguistiques et surtout le fait qu'ils ont été opprimés et marginalisés dans chacun de ces pays.

Si le Rojava a déclaré officiellement son autonomie en janvier 2014, son projet social est bien plus ancien. Celui-ci s'est formé pendant les vingt ans où le leader indépendantiste kurde Abdullah Öcalan, créateur et chef du PKK Parti des travailleurs du Kurdistan, vivait en Syrie, de 1978 à 1998. Dans un contexte où se juxtaposaient l'autoritarisme du système baathiste et surtout les pesantes traditions patriarcales tribales, tant chez les Syriens arabes que les Kurdes, la perspective marxiste-léniniste offrait alors une ouverture inédite aux femmes en proposant déjà un modèle social plus équitable et plus égalitaire.

Cependant, le fondement idéologique qui régit le Rojava se base désormais sur les nouvelles lectures du leader kurde. Abdullah Öcalan, emprisonné à vie par les autorités turques depuis 1999, s'est livré à une autocritique de l'idéologie marxiste-léniniste qui avait été à la base de la réflexion et des actions souvent violentes du PKK. Il prend comme point de départ les derniers écrits du penseur anarchiste américain Murray Bookchin (1921-2006), où celui-ci propose le modèle du « municipalisme libertaire » selon lequel l'État est remplacé par des assemblées citoyennes sur le modèle athénien, revu par la Commune et les premiers Soviets de 1917, mais réunies sous une forme fédérative où la notion d'État disparaît en faveur de celle de nation, comprise comme l'assemblée de citoyens engagés dans un même projet social. Ce type de démocratie directe excluant les hiérarchies, ressemble en tout point à la révolution zapatiste dans les Chiapas au Mexique en 1994. Les droits des femmes et ses principes de parité égalitaire et multiculturelle sont au centre du projet du Rojava.

L'ÉMANCIPATION DES FEMMES, AU CŒUR DE LA RÉVOLUTION

Le Rojava est gouverné par un système de démocratie directe, où le peuple a priorité sur l'État-nation, et les communes elles-mêmes prennent les décisions qui les concernent, gérées chacune par un maire et une co-maire. Chaque commune rassemble 150 à 200 familles. Les assemblées locales de communes se réunissent une fois par semaine. L'égalitarisme et la représentation des minorités sont des principes qui traversent toutes les institutions, y compris l'armée et la police, avec un nombre important d'Arabes, Assyriens, sunnites chrétiens et de Yezidis sur ce terrain. Le fonctionnement quotidien par le biais des assemblées populaires égalitaires et inclusives de tous les groupes ethniques locaux exclut la domination hiérarchique et celle des élites.

La constitution du Rojava prend la forme d'un contrat social et fixe les droits des citoyen.nes. L'écologie comme souveraineté locale et respect de la nature est inscrite au centre des projets, sous la forme du refus d'une agriculture massifiée, dominée par les intérêts de l'industrie agroalimentaire. Les mariages forcés (y compris de fillettes), la polygamie, l'héritage inégalitaire et les crimes d'honneur constituent des problèmes quotidiens. Même les militantes reconnaissent qu'il faudra longtemps pour que les femmes intègrent complètement cette notion d'un droit inné.

C'est le but des séminaires accélérés dans les maisons dites communales, les parwarda, auxquels les femmes responsables de quartiers sont conviées, nourries, logées pendant une semaine, loin du foyer. Chaque lauréate ira ensuite semer la bonne parole dans les familles qu'elle régit dans son secteur. C'est ainsi que fonctionne toute l'organisation du projet social de démocratie directe du Rojava : la communication en direct, la discussion individuelle. Une des raisons d'être des nombreuses institutions féminines est justement d'éviter la tyrannie conjugale. Tout membre des forces d'autodéfense reçoit une formation sur le féminisme et la résolution non-violente des conflits avant d'avoir une arme. Et si des femmes souhaitent former une commune spécifiquement féminine agrégeant quelques blocs de maison, elles en ont le droit.

Pour légitimer un projet social, il est important de montrer qu'il est en cohérence avec une histoire plus ancienne. Öcalan a voulu voir la renaissance d'un supposé idéal matriarcal de la Mésopotamie antique, englouti par le patriarcat devenu capitaliste. Ses notions d'une féminité quasi-mystique qu'il nomme "Jinéologie" seraient taxées d'essentialisme par des penseuses occidentales. Les femmes kurdes du Rojava se perçoivent-elles réellement comme les réincarnations d'Ishtar et des descendantes des wonder women mésopotamiennes ? On peut se le demander mais l'exemple leur confère sûrement une certaine dose de confiance inédite dans la région, surtout avec Daesh à quelques kilomètres. Chacune connaît personnellement une tragédie où une femme a été tuée, violée ou vendue par les djihadistes.

Alors oui, nous les femmes, nous devons réécrire l'histoire avec nos yeux, avec notre analyse, notre pensée de femme – en retournant à notre essence, en nous réappropriant notre anthologie – sans évacuer l'histoire des dominations masculines, colonialistes, capitalistes. Car l'histoire des luttes fait partie de ce cheminement.

Le féminisme matérialiste est encore très présent en France. Il lutte pour l'égalité des sexes, pour la politisation des tâches ménagères, le droit de disposer de son corps… Ce féminisme matérialiste a donné lieu à la lutte contre les stéréotypes de genre. D'autres courants, comme l'écoféminisme, cherchent au contraire à renouer avec le féminin comme proche de la nature, comme territoire sacré, comme connecté à l'intuition, aux émotions. Où situez-vous le féminisme kurde ?
Oui, on entend souvent les gens en France se révolter contre les genres. Moi, je n'y crois pas. On peut être homosexuel-le bien sûr, et nous les Kurdes, nous nous battons aussi pour la reconnaissance des droits LGBT. Mais je ne peux pas dire que nous, hommes et femmes, soyons égaux. Je crois profondément que nous sommes différents. Et nous devons accepter nos différences, sinon rien de bon ne pourra advenir.

Il n'y pas un, mais plusieurs féminismes qui nous inspirent. Le mouvement de guérillas des femmes kurdes a commencé en 1978, puis en 1984 avec l'autodéfense armée et la création du PKK. Dans le Rojava, les femmes ont pris

> « À L'ÉCOLE DU ROJAVA, L'HISTOIRE DES FEMMES EST ENSEIGNÉE, À TRAVERS LES SIÈCLES, POUR COMPRENDRE NOS ORIGINES »

les armes en 2013 contre Daesh – aujourd'hui l'État Islamique. Comment vivre ensemble alors, dans nos communautés ? Les mots utilisés pour définir notre lutte et notre vision des femmes et de la vie ont changé. Au début, les femmes étaient très masculines. Engagées pour le Kurdistan comme des guerriers, des hommes, mais pas en tant que femmes. Il a alors fallu redéfinir ce que c'était que combattre, que vivre entre femmes, entre hommes aussi, mais libérés de la domination masculine. L'histoire des femmes kurdes est parallèle à l'évolution des féminismes. Nous remontons dans nos études jusqu'au néolithique et parcourons des domaines aussi vastes que la théologie, la philosophie, l'économie… À l'école du Rojava, l'histoire des femmes est enseignée, à travers les siècles, pour comprendre nos origines mais aussi pour comprendre l'histoire du féminisme. L'éducation pour les Kurdes est un facteur clé du changement, elle permet d'émanciper la pensée et de construire des cadres nouveaux. Öcalan disait que les femmes devaient faire de la politique : dans un monde masculin, elle s'est associée au pouvoir. Alors, quand tu regardes l'histoire des féministes, tu comprends qu'il y a plusieurs vagues : la première avec le droit de vote, d'aller travailler… Puis une deuxième vague, qui s'attache plutôt à l'analyse du sexisme et la troisième, avec Simone de Beauvoir. Nous étudions ces mouvements, prenons ce qui nous semble bon et critiquons aussi des éléments comme la dissolution de l'identité sexuée.

Pour vous, il existe donc bien une identité de la femme, un féminin.

Absolument. Nous traçons cette identité à travers de grandes figures mythologiques mais aussi des grandes figures universelles qui ont lutté pour les femmes : l'anarchiste Louise Michel ou la marxiste allemande Clara Zetkin… En traçant leur propre modèle d'émancipation, les femmes peuvent se libérer des diktats du patriarcat. Cela nous semble vraiment nécessaire ! Y compris pour les hommes. Nous voulons tuer cette pensée masculine qui cherche à asseoir ses principes sur les autres. Parfois, il faut aussi tuer ce principe hégémonique chez les femmes ! C'est l'idée d'une purification, nécessaire pour notre lutte. En disant que la femme doit être au même niveau que l'homme, Öcalan a réussi par ce précepte à envoyer des femmes vers la lutte armée !

“ JIN : LA FEMME, VIENT DE JIYAN : LA VIE, ET DE CIHAN : LA TERRE ”

VILLAGE DE JINWAR

Avril 2018.

Le village de Jinwar est prévu pour accueillir trente femmes et leurs enfants. Priorité est donnée aux femmes de martyrs, mais toutes les femmes célibataire, divorcée ou victime de violences conjugales, désireuses d'y habiter, peuvent en faire la demande. Même s'ils ne peuvent y habiter, les hommes participent aux travaux de construction, réalisés en brique de terre et paille.

RÉUNION DES COPRÉSIDENT.E.S DE 12 COMMUNES

Kobane, avril 2018.

La ville de Kobane compte 91 communes. Chaque commune rassemble entre 100 et 150 familles vivant dans un espace commun, avec une coprésidence paritaire, homme et femme, et des commissions services, santé, paix, autodéfense, économie, mobilisation politique. Cette auto-organisation a des racines historiques : conseil de famille, de tribus… Mais pour la première fois, chacun peut participer.

La domination masculine peut prendre des formes très dures au Moyen-Orient ! Quelles étaient concrètement les méthodes d'Öcalan, au-delà de son discours, pour vous inspirer et changer les choses ?
Tout se relie. Öcalan nous a montré que le marxisme, l'anarchisme, le féminisme sont les faces d'un même combat contre le patriarcat et ce que nous appelons la modernité masculine. S'inspirant de l'anarchisme, il a eu le génie d'assimiler la domination sexiste à la domination étatique. L'État comme figure d'un patriarche dominant, qui cherche à tout contrôler. Pour nous les Kurdes, qui avons subi tant de répressions de la part de différents États, cette pensée a fait pivot. Les hommes qui rejoignaient la guérilla devaient comprendre qu'ils ne pourraient révolutionner le monde sans révolutionner leur rapport aux femmes. En pratique, il a institué des formations collaboratives : après avoir étudié l'histoire des femmes et du féminisme, les membres débattent avant d'aboutir à des feuilles de route, des propositions concrètes. Nos préceptes se construisent dans le dialogue entre femmes, et aussi avec les hommes. Des coprésidences obligatoires homme/femme ont été instaurées dans les comités autogérés des différentes régions du Rojava. Dans cette région au nord de la Syrie, la domination masculine est très forte et associée à une véritable violence. Tout est à déconstruire chez certains hommes. Au début, même ici en France, des hommes arrivent sans même nous dire bonjour. Mais après quelque temps, ils nous considèrent comme leurs camarades, et non comme des inférieures. C'est ça le pouvoir des femmes !

C'est une grande victoire en effet. Nous, les féministes françaises, avons du mal à parvenir au même résultat, à allier les hommes à notre lutte pour l'émancipation des femmes.
Öcalan avait un grand talent pour percevoir les personnalités des gens en fonction de leur bagage culturel. Le fondement reste le libre arbitre. La personne doit changer d'elle-même, en construisant ses propres modèles. Plus concrètement encore, dans le quotidien, il demandait aux hommes qui arrivaient de faire à manger aux femmes. Il faut bien comprendre que les femmes préparent toujours le repas et mangent après les hommes ! Pour nous, c'était incroyable et révolutionnaire que les hommes se mettent à servir les femmes. Un jour, il nous a laissées entre femmes pendant plusieurs jours, personne ne s'occupait du lieu ! Il nous a fait comprendre qu'attendre son autorité pour nous organiser relevait de l'assimilation de la domination masculine… Il nous a dit « je ne suis pas votre papa ! »

Le changement provient des gestes inscrits dans le quotidien, de la politisation de la répartition des tâches… comme de la connaissance théorique, finalement.
Il nous parait extrêmement important d'inscrire notre pensée révolutionnaire dans nos actes de tous les jours. Comment la femme traditionnelle peut-elle s'émanciper ? Dans la Jinéologie, on explique qu'il ne s'agit surtout pas de séparer les sentiments et la pensée. Les connaissances sinon resteront dans le mental. Tu dois ressentir dans ton cœur la femme que tu es pour te libérer. Chez les femmes Alévi par

exemple, qui ont subi par ailleurs nombre de génocides, la spiritualité est extrêmement présente. Elle s'inspire largement du culte ancien de Zoroastre en Perse antique, notamment avec l'idée que la femme et la nature sont en dialectique permanente... C'est une forme d'animisme, qui accorde beaucoup d'importance aux cinq éléments. Nous reconnaissons la Déesse mère, et étudions son sceptre à travers les mythologies, les religions, les déesses. Lilith, Ishtar, Cybèle... Nous recoupons ces domaines avec la terminologie. En français, par exemple, Normandie : Nord / Man (hommes). En anglais : policemen, businessmen... Comme dans les religions du livre, où Ève est issue de la côte d'Adam, les mots sont tirés du côté des hommes. Nous pratiquons l'écriture inclusive depuis vingt ans. L'une de nos devises est : « Une femme comme un homme, une femme comme un lion, une femme comme une sorcière ».

La spiritualité amérindienne propose ce genre de rituel pour se reconnecter à son féminin, en rapport avec la nature. Ces rituels écologiques et spirituels existent-ils au sein des communautés du Rojava ?
Nous croyons en l'écologie sociale. La femme ou l'homme ne sont pas seuls au centre d'un "environnement". La nature, et nous, pouvons participer ensemble à la création d'une vie, d'une société libre. Même s'il n'y a pas grand-chose à manger – franchement, il n'y a que des cailloux ! –, nous préférons manger des feuilles que des animaux. Aussi, nous n'utilisons jamais de plastique, seulement des couverts en métal.

> « NOUS VOULONS TUER CETTE PENSÉE MASCULINE QUI CHERCHE À ASSEOIR SES PRINCIPES SUR LES AUTRES »

Les femmes kurdes croient en l'importance de la nature comme figure alliée. Si un chat baisse les oreilles, nous serons vigilantes à ce qui peut se produire. Moi au début je n'y croyais pas. Et puis un jour, j'étais là-bas, les femmes ont dit qu'il y avait une chouette, et qu'il fallait lever le camp avant de se faire attaquer. Deux heures plus tard, l'endroit se faisait effectivement bombarder. C'était incroyable ! De la même manière, nous croyons en la puissance des arbres, si tu te colles à l'un d'eux, il t'apporte sa protection pendant le combat, on dit que tu « fixes ton lieu ». Dans la mythologie, c'est pareil, la chouette a une fonction de messager... Cela donne encore plus envie de renouer avec une autre connaissance de la mythologie, de l'archéologie. Ces messages nous dépassent peut-être au début, mais il faut les écouter.

Dans le contexte actuel, de constantes menaces de bombardement, comment se montent des villages basés sur l'autodéfense féministe ?

Nous nous inspirons de collectifs du monde entier, notamment en Amérique du Sud. Il existe un écovillage dans le canton de Djizire, Jinwar, réservé aux femmes, bâti à la fois grâce à l'écologie sociale – un jardin pour cultiver, des bâtiments simples en briques de paille et de terre, un four à pain – et à l'autodéfense armée du YPJ. Jinwar compte aujourd'hui des femmes kurdes, arabes, françaises, italiennes, allemandes. La plupart d'entre elles fuient la guerre ou même la violence faite aux femmes. Si tu es mariée et que ton époux meurt au combat, ta famille te choisira un nouveau mari. Alors elles viennent aussi pour se protéger de cela, passer d'objet à sujet. La camaraderie et la confiance en notre puissance sont les clés de voûte de notre action émancipatrice. J'ai demandé un jour à une femme arabe qui venait de rejoindre Jinwar : quel âge as-tu ? Elle m'a répondu : « J'ai 4 ans. Cela fait seulement 4 ans que je pense par moi-même, que je me reconnais en tant que femme. » Une autre fois, un homme a fait irruption dans le camp : « Où est ma femme ? » Une camarade de 70 ans lui a répondu : « Pourquoi tu dis "ma" ? Elle ne t'appartient pas. Si tu vis aujourd'hui, c'est grâce à ta mère, qui est une femme, alors tu dois respecter les femmes. »

Comment parvenez-vous à essaimer vos idées, à faire connaître la Jinéologie à travers les luttes féministes dans le monde ?

Dans nos communautés, les femmes sont kurdes, arabes, françaises ou allemandes et luttent contre l'État Islamique. Alors il n'existe pas une croyance unique. Des perspectives différentes, liées à l'anthropologie, aux cultures représentées, se dessinent – cela permet aussi d'éviter la catégorisation des féminismes. Déjà, nous ne parlons pas les mêmes langues, alors nous avons des assemblées générales par comités spécifiques, afin de nous organiser dans le quotidien comme dans la guérilla. Cet universalisme permet de partager nos idées sans cadre normatif pour autant. Notre système d'autogestion nous permet d'étudier un large spectre de connaissances : démographie, économie, éthique/esthétique, santé... avec toujours la sociologie en ligne de mire. Nous sommes nombreuses et nous allions nos forces, sans État, sans mari qui décident tout à notre place. On s'envoie des livres, on fait des résumés, on s'organise. Il existe plusieurs comités qui étudient la Jinéologie, au Rojava bien sûr, mais aussi en Europe et ailleurs dans le monde.

LES AUTEURES

CAROL MANN

sociologue et historienne, spécialisée dans l'étude du genre et conflit armé. Chercheure associée au L.E.G.S. de Paris 8, elle dirige l'association Women in War: www.womeninwar.org

ALICE GROULT

est militante féministe et enseigne le français. Engagée dans les réseaux militants d'extrême gauche, elle a découvert, à travers ces derniers, les préceptes féministes révolutionnaires du Kurdistan syrien.

« Une société qui pourrait guérir ce monde démembré reconnaîtrait la valeur inhérente de chaque personne, ainsi que celle de la vie végétale, animale et élémentaire qui constitue le corps vivant de la Terre.

Cela créerait une protection réelle, encouragerait la liberté d'expression et rétablirait un équilibre écologique durable sur le plan biologique et économique. Cette société honorerait ainsi le mystère, l'émerveillement face à tout ce qui nous dépasse et ce qui nous entoure, et face aux forces qui portent nos vies et la complexe beauté de leur danse. »

Starhawk
auteure, militante écoféministe, altermondialiste et sorcière

La conscience donne forme à la réalité ; la réalité donne forme à la conscience.

PASSAGES
Cornelia Konrads, 2015.
Installation, branchages et brindilles

Nous
sommes
chacun
une ride
dans
le nimbe
de la terre.

SANS TITRE
Patrick Dougherty, 2012.
Installation, branches
de saule tressées

La physique moderne
ne parle plus des atomes
séparés et isolés d'une
matière morte, mais
de vagues de flux
d'énergies, de probabilités,
de phénomènes qui
changent quand
on les observe ;
elle reconnaît ce que les
chamans et les sorcières
ont toujours su :
que l'énergie et la matière
ne sont pas des forces
séparées mais
des formes différentes
de la même chose.

À gauche
CAIRN
Andy Goldswhorthy, 2016.
Sculpture, souche de platane,
ardoise de Trélazé

À droite
EST-CE QUE SI UN ARBRE PEIGNAIT...
Nathalie Nery, 2018.
Installation, arbre et feuilles

L'énergie
se déplace en
cycles, cercle,
spirale, vortex,
tourbillons,
pulsations,
vagues
et rythmes.
Rarement,
et même jamais,
en simple ligne
droite.

CARBON POOL
Chris Drury, 2014.
Installation, troncs
de peuplier en spirale,
18 m de diamètre

SCULPTURE DE BRUME
Fujiko Nakaya, 2013.
Installation, bouleaux,
nuage d'eau

MARCHER DANS LA **BEAUTÉ**

Depuis sa création, en 2008, le Centre d'Arts et de Nature de Chaumont-sur-Loire offre dans son parc, son château et ses dépendances, un chemin, un écrin aux plus grands créateurs invités à concevoir une œuvre pour ce site unique. Hors des circuits marchands habituels, le domaine de Chaumont-sur-Loire est devenu un haut-lieu d'hybridation entre l'architecture, l'art contemporain, le land art, le design et le jardin, aussi renommé que discret. Un paysage neuf et sublimé en résulte, comme une déambulation poétique entre les mondes. Cette expérience magique est venue croiser la vision de Starhawk, la "sorcière néopaïenne de San Francisco", bien connue des militants écoféministes et altermondialistes.
Ses écrits, célébrant les forces élémentaires, la beauté de la Nature, et l'engagement à préserver l'harmonie et la magie du vivant, nous ont semblé les mots justes pour cette découverte que nous avions à cœur de vous partager.

PAROLES DE **STARHAWK,** PHOTOS **ÉRIC SANDER,** Domaine de Chaumont-sur-Loire

Tout a commencé dans l'amour, tout cherche à revenir à l'amour. L'amour est la loi, celui qui enseigne la sagesse et révèle les mystères.

Notre salut demande à la fois résistance et renouveau : dire non à ce qui est, afin de remodeler et recréer le monde. Notre défi est collectif, mais pour y faire face, nous devons nous autonomiser en tant qu'individus et créer des structures de soutien et de célébration pouvant nous enseigner la liberté. La création est la résistance ultime, le refus ultime d'accepter les choses telles qu'elles sont. Car c'est dans la création que nous rencontrons le Mystère.

Le terrain des mystères est l'ordinaire. Pour partir à la recherche du mystère, nous n'avons besoin de nous rendre nulle part. Nous devons simplement changer notre conception, notre description, notre conscience de l'endroit où nous sommes.

Travailler avec la magie, c'est tisser les forces invisibles ; s'élever au-delà du visible ; explorer le royaume de rêves inexploré de la réalité cachée ; infuser la vie avec les couleurs, les mouvements et les senteurs étranges qui enivrent ; sauter au-delà de l'imagination dans cet espace entre les mondes où le fantasme devient réel ; être à la fois animal et dieu. La magie est… l'aventure ultime.

STARHAWK

Miriam « Starhawk » Simos est une auteure et militante écoféministe américaine, qui se revendique comme sorcière. Diplômée en psychologie de l'université d'Antioche et théoricienne du néopaganisme, connue pour ses formations à la non-violence et à l'action directe, engagée auprès des mouvements pacifiste, féministe, écologiste et altermondialiste, Starhawk voyage et enseigne un peu partout en Amérique du Nord, en Europe et au Moyen-Orient, donnant des conférences et animant des ateliers, des cours et des rituels publics, avec pour objectif d' « unifier spiritualité et politique » et de cultiver une « permaculture sociale ». *Femmes, magie et politique*, son premier livre traduit en français en 2003, date de 1982. Il a été réédité en 2015 sous le titre *Rêver l'obscur. Femmes, magie et politique*, aux éditions Cambourakis.

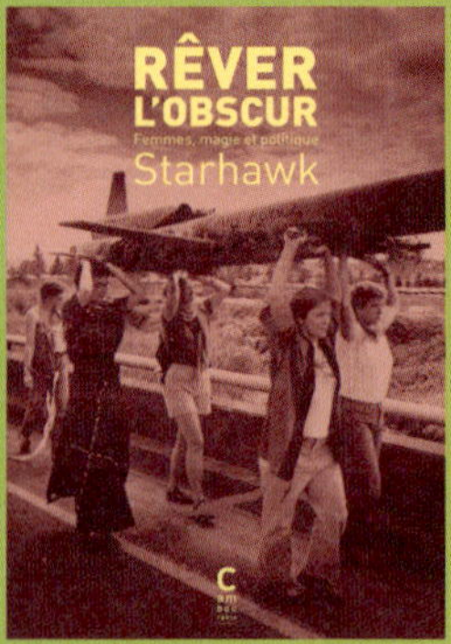

CONNEXION,
LA SOURCE
Tanabe Chikuunsai IV, 2018.
Installation, bambou tressé

PROCLAMATION DES QUATRE ÉLÉMENTS SACRÉS

La Terre est un être conscient et vivant.
Ensemble et inspirés par de nombreuses cultures venues de temps et de lieux différents, nous déclarons sacrés l'air, le feu, l'eau et la terre.
Que nous y voyions le souffle, l'énergie, le sang et le corps de la Mère, ou les dons sacrés du Créateur, ou encore les symboles interdépendants des systèmes qui maintiennent la vie, nous savons qu'il est impossible de vivre en leur absence.
Déclarer ces éléments comme sacrés, c'est reconnaître leur valeur bien au-delà de leur seule utilité aux fins humaines, c'est en faire les normes absolues qui régissent nos actions, notre économie, nos lois et nos intentions, et s'imposent à elles. Nul n'a le droit de se les approprier, pour son profit ou aux dépens des autres. Tout gouvernement qui renonce ou échoue à les protéger, abandonne toute légitimité.
Tout être vivant fait partie de la vie terrestre et, à ce titre, est sacré. Aucun n'est supérieur ou inférieur à un autre. Seule la justice garantit l'équilibre ; seul l'équilibre écologique garantit la liberté. Et seule la liberté permet au cinquième élément sacré que nous nommons l'esprit, de s'épanouir dans toute sa pleine diversité.
Honorer ce qui est sacré, c'est créer les conditions dans lesquelles les ressources, la subsistance, l'habitat, la connaissance, la liberté et la beauté peuvent prospérer. Honorer ce qui est sacré, c'est rendre l'amour possible.
À ces fins, nous offrons nos curiosités, nos volontés, nos courages, nos silences et nos voix.
À ces fins, nous consacrons nos vies.

LE NID
Nils-Udo, 2018.
Installation, cercle de frênes, marbre

QUAND LA NATURE NOUS FAIT DU BIEN

L'humanité a tissé des liens immémoriaux avec la nature. Nous avons besoin d'elle, comme elle a besoin que nous l'aimions et la respections davantage. Nous sommes la nature. La détruire, c'est nous détruire nous-mêmes. Quand nous pleurons, nos pleurs sont de l'eau salée, nos poumons évoquent une canopée intérieure, et nos enfants baignent in utero dans un liquide dont la composition est proche de la soupe originelle des débuts du monde…

PAR **PASCALE D'ERM**

Esprit de la forêt
Caroline Manière, 2016.
Acrylique sur feuille de cuivre

XION
UNIVERS
JE SUIS
FORÊ
ELEMEN
MINER
FÉMINI
SACRÉ

L'histoire de la fascination que les hommes éprouvent pour la nature n'est pas nouvelle. Depuis des siècles, les artistes et les arpenteurs de paysages expriment leurs émotions et les sentiments intenses qu'elle suscite dans leur âme, comme la joie, l'émerveillement, ou la créativité. Nous savons aussi que 80 % de nos médicaments dépendent de la nature et que la médecine puise ses remèdes dans les plantes depuis l'aube de l'humanité... Ce qui est radicalement nouveau aujourd'hui, ce sont les découvertes scientifiques qui révèlent que la fréquentation de la nature, ou sa simple vue, possède des pouvoirs extraordinaires sur notre santé physique, mentale, émotionnelle ou cognitive. Au-delà des molécules végétales, ou des couleurs bleue et verte favorables à notre bien-être, c'est la nature elle-même qui nous soigne.

Qu'il s'agisse d'une immersion de quelques jours dans la nature sauvage, d'une marche dans un parc, de l'observation des nuages au sommet d'une montagne, d'un coucher de soleil sur une mer d'huile, de quelques heures passées seul dans une forêt riche en humus : autant d'expériences durant lesquelles nous "captons" l'essence de la nature grâce à nos sens. Or notre intuition, celle qui nous précipite ventre à terre dans les jardins et les forêts, en nous murmurant que la nature nous rend plus heureux et nous fait du bien, rejoint la science. Les découvertes scientifiques corroborent des sagesses millénaires : nous sommes reliés à la nature jusqu'au plus profond de nos cellules, dans notre cerveau, notre corps physique, émotionnel, notre esprit.

SON POUVOIR RESTAURATEUR PERMET D'ATTÉNUER LA FATIGUE MENTALE, ACCROÎT L'OPTIMISME, L'EMPATHIE, L'ALTRUISME ET RENFORCE LA CONFIANCE EN SOI

Fermez les yeux... Imaginez votre coin de nature préféré, les arbres que vous aimez, voyez une rivière qui ondule paresseusement dans la vallée ; entendez le son du vent dans les branches, le chant des oiseaux ; humez l'odeur de l'herbe mouillée, sentez la terre rouler sous vos doigts ; vous enlevez vos chaussures... Vous marchez pieds nus sur le sol ; vous êtes présent, vous respirez à grands traits, tout est calme. Vous êtes bien, vous êtes en harmonie. En quelques secondes, votre pouls s'est régulé, votre cortisol, l'hormone du stress, a commencé à baisser, la circulation du sang dans votre cortex préfrontal va se réguler, votre système nerveux parasympathique, garant du calme et de la digestion, va s'activer, votre anxiété va diminuer, vos pensées ruminatoires, celles qui roulent en boucles, en vous sapant le moral, vont bientôt se dissoudre... Si vous étiez dans un hôpital, vous ressentiriez moins la douleur, votre processus de guérison serait plus rapide. Si vous êtes un enfant, vous allez prendre confiance en vous,

vous responsabiliser en groupe, être plus agile physiquement, plus autonome, plus créatif... Aujourd'hui, des scientifiques pionniers issus des plus grandes universités ou de laboratoires spécialisés au Japon, en Allemagne, en Suède, à Stanford, à Oxford, à Cambridge affirment qu'il existe suffisamment de preuves pour dire qu'une immersion, même brève, dans des environnements naturels, a un impact positif sur tous les critères de santé, qu'ils soient aigus ou chroniques. L'expérience de nature est corrélée à la réduction des risques de maladies cardiovasculaires, à la diminution du diabète de type 2, à la baisse de l'anxiété, ou l'atténuation de la dépression. Leurs travaux montrent que la nature, non seulement régule tous nos paramètres physiologiques principaux (pouls, pression artérielle, système nerveux autonome), mais agit sur la production hormonale et influence nos capacités cognitives. Marcher dans la nature améliore notre attention dirigée, stimule nos capacités d'apprentissage, régénère notre mémoire, booste nos fonctions exécutives. Son pouvoir restaurateur permet d'atténuer la fatigue mentale, accroît l'optimisme, l'empathie, l'altruisme et renforce la confiance en soi. L'activité physique dans la nature, même modérée, atténue l'hyperactivité ou l'obésité des enfants (et des adultes).

Des bains de forêts aux neurosciences

Les scientifiques qui étudient ces sujets sont issus de la psychologie environnementale, des neurosciences, de la médecine... Conscients que la nature « se meurt » selon les mots du scientifique Jean Dorst (1924-2001), ils se sont mis à publier leurs travaux dans les plus grandes revues scientifiques. Au début des années 2000, il y avait à peine cinq items sur le sujet "Nature/Santé" dans les annales scientifiques ; en 2010 on en comptait 35, et en 2018, il y en a plus de 350 ! Après 25 ans de recherches, leurs conclusions sont sans ambiguïté : fréquenter la nature renforce notre immunité naturelle, agit comme un antidouleur, un antistress, un antidépresseur, réduit l'obésité, l'hyperactivité des enfants, améliore l'humeur, et tout ceci, sans médicament, ni effet secondaire...

Les premiers à avoir mis en évidence ces effets de la nature sont les Japonais, pour lutter contre les effets déplorables du "technostress", notamment les taux de burn out et de suicide élevés chez les "salary men". La société japonaise est passée brutalement d'un mode de vie proche de la nature, conformément aux principes du shintoïsme, à un mode de vie urbain artificialisé. Les scientifiques prennent alors le relais des autorités et commencent à étudier les effets des "bains de forêts" (shinrin yoku), des marches lentes dans les bois, préconisées contre le stress. Ils démontrent, sur des cohortes de plusieurs centaines de personnes dans une soixantaine de massifs du pays, que les bains de forêts réduisent la pression artérielle, aident à lutter contre le stress, améliorent les fonctions cardiovasculaires et le métabolisme, diminuent le taux de glycémie, améliorent la concentration, abaissent le seuil de la douleur, renforcent l'activité et le nombre des "Natural Killers" dites "cellules NK", gardiennes de notre immunité naturelle (cellules qui évoquent les lymphocytes ou globules blancs), accroissent la production de protéines

LES PHYTONCIDES ÉMIS PAR LES RÉSINEUX, INHALÉS, BOOSTENT NOTRE IMMUNITÉ NATURELLE

contre le cancer, améliorent l'humeur et atténuent la dépression. Le professeur Yoshifumi Miyazaki (université de Chiba, Tokyo) fait partie de ces pionniers. « Dans la nature, le corps et la forêt se resynchronisent, explique-t-il. 99 % de l'histoire de l'humanité s'est déroulée dans la nature. Nos paramètres physiologiques se sont adaptés à cet environnement naturel. Nous ne pouvons pas faire face à une urbanisation trop rapide ». Pour le professeur, la clé, c'est le retour à l'équilibre dans la nature. Cet état d'équilibre favorise la sensation de calme, et éloigne les sentiments négatifs (tension, anxiété, confusion, colère). Pour le professeur Qing Li, de l'École médicale japonaise, autre pionnier des bains de forêts, l'origine des bienfaits des arbres s'explique avant tout par l'émission de phytoncides, des molécules émises par certains arbres (principalement des résineux) pour se protéger des attaques d'insectes et de bactéries. Ces phytoncides que nous inhalons par aromathérapie, boostent notre immunité naturelle, en particulier les fameuses cellules Natural Killers. Un bain de forêt de trois jours et deux nuits, à raison de deux heures de marche par demi-journée, augmente l'activité de ces cellules NK de 52 %. Et les effets perdurent jusqu'à trente jours. Il suffit, pour les entretenir, de refaire un bain de forêt tous les mois. D'autres scientifiques, principalement dans les pays anglo-saxons ou en Europe du Nord, avancent sur des sujets voisins, comme le rôle de l'expérience de nature contre la fatigue mentale, la restauration de nos capacités cognitives et nos fonctions d'exécution (Suède, Finlande, Norvège...), le recours à la marche dans la nature pour réduire les pensées ruminatoires à l'origine des états dépressifs (Stanford, Norvège...), le jardinage thérapeutique (États-Unis, Danemark...), l'impact des écoles forestières sur la santé physique et mentale des enfants (Europe du Nord...), le rôle de la nature contre les inégalités économiques en matière de santé (Grande-Bretagne), etc.

Récemment, l'ingénierie scientifique et les neurosciences ont contribué aux progrès de cette jeune science, grâce à des outils comme les IRM fonctionnelles ou des méthodes d'analyse de l'activité du cortex préfrontal (spectroscopie à infrarouge). En Allemagne, le professeur Meyer Lindenberg, neuroscientifique à l'Institut pour la santé mentale de Mannheim, a mis en évidence que le mode de vie urbain stimule une zone du cerveau appelée l'amygdale, centre de la peur et des désordres anxieux. Le mode de vie rural, dans la nature, lui, n'a aucun impact sur cette zone. Le professeur allemand associe ces données à l'augmentation des désordres anxieux de 40 % parmi la population des grandes villes.

Grâce à ces études, la question de la fréquentation de la nature est devenu un enjeu de santé publique.

Le care : valeur clé du nouveau siècle

Dans le contexte de crises multifactorielles qui est le nôtre, il me semble que ces découvertes inspirantes valorisent une donnée clé pour le XXIe siècle : le care. Nous devons prendre soin de la terre qui prend soin de nous, exprimer notre empathie pour ce qui nous entoure, pour nos proches, pour tous les êtres vivants. Oser montrer nos fragilités est une force, une force douce. Une force qui fait du bien... Renouer avec le monde vivant est une initiation. Quand un Indien évoque sa sœur la baleine, n'est-ce pas troublant ? Cela n'éveille-t-il pas quelque chose de profondément enfoui en nous, de relié, de palpitant comme la veine sur le cou d'un cerf, pour citer David Abraham ? Nous sommes des êtres poreux à la réalité tangible du monde, et cette porosité au monde affine nos sens, notre intuition. La beauté de la nature nous offre des révélations, et nourrit un sentiment d'appartenance au vivant qui, une fois éprouvé, ne s'oublie jamais. Ce sentiment d'appartenance au vivant génère de l'amour qui, en retour, cimente l'engagement à le préserver et nous aide à affronter nos défis quotidiens.

Le temps est venu de sceller un nouveau pacte avec le monde vivant. Un pacte qui a trois valeurs clés : aimer, comprendre et protéger.

Aimer...

Petite, je passais des heures, seule, dans les branches basses de mon pommier sauvage, ou sous le tipi formé des branches entrelacées des sapins bleus du jardin. Mon attachement à la nature est né là, dans le silence des heures passées en complicité avec la nature, âme-sœur. De nombreuses études montrent que l'attachement au monde vivant tissé dans l'enfance est le terreau fertile des comportements respectueux de la nature des adultes. Les enfants qui ont jardiné, construit des cabanes, bâti des châteaux de sable, recherchent, une fois parvenus à l'âge adulte, à renouer un lien émotionnel avec la nature, et avec leur enfant intérieur, et à la préserver des destructions. S'ils n'ont pas pu bâtir cette relation émotionnelle forte avec le monde naturel, ils ne réaliseront pas, plus tard, les dégradations qui s'opèrent sous leurs yeux. La nature souillée, méprisée et détruite sera leur nouvelle norme. On appelle cela le risque d'amnésie générationnelle.

Il faut retrouver la capacité à aimer, le sens du "care" (Carol Guilligan dans *Une voix différente*). Ériger la vulnérabilité, la nôtre et celle de la terre, en politique.

Comprendre ...

Nous appartenons à une communauté qui inclut les humains, mais aussi les sols, la terre, et l'atmosphère, selon *L'Éthique de la terre* rédigée par Aldo Leopold en 1949 déjà. Près de 70 ans après, les preuves scientifiques s'accumulent pour dessiner les contours de cette communauté de destin que nous partageons avec l'ensemble des espèces, le monde vivant et non vivant. Une communauté de destin où l'air, les eaux continentales, les forêts, la biodiversité et la nature sont des biens communs de l'humanité. À ce titre, ces pans entiers de la nature doivent être préservés devant la Cour pénale internationale, comme le prévoit la notion d'écocide. Je repense aux propos de Rachel Carson qui écrivait dans les années 1960 dans *Le Printemps silencieux* : « Nous avons à résoudre un problème de coexistence avec les autres créatures peuplant notre planète ». Je repense aussi à Janine Benyus et à sa vision biomimétique : « Plus notre monde se rapprochera de la nature, plus nous aurons des chances d'être acceptés sur cette Terre dont nous ne devons jamais oublier que nous ne sommes pas les seuls propriétaires ».

Protéger...

Nous devons reconsidérer notre façon d'habiter la Terre/monde/maison. Le féminin s'inscrit dans ce réseau d'interdépendances, de sensibilité au proche, au local, au concret. Certaines de nos sœurs ont commencé à lutter et résister pour créer ce nouveau pacte avec le monde vivant. Ce sont ces paysannes illettrées du mouvement Chipko andalan dans l'Uttar Pradesh, qui se sont mises à encercler les arbres pour s'opposer à leur destruction. Ce sont les femmes du Green belt movement, initié par Wangari Maathai, à l'origine de 51 millions d'arbres replantés au Kenya (prix Nobel de la paix). Ce sont nos sœurs d'Amérique du Nord qui luttent pour la justice écologique et les droits civiques contre les dépôts de produits toxiques. Ce sont les mouvements d'Amérique du Sud et centrale qui défendent la Pacha mama, la terre mère. Les femmes sont celles qui relient. Elles relient les extrémités des âges, la terre et le ciel, le corps et l'âme, elles recousent le tissu déchiré du monde.

Après avoir cheminé durant des siècles sous les strates souterraines de l'oubli et de l'ignorance, l'expérience des femmes au contact de la matière vivante ressurgit au grand jour et elles ont commencé à guérir la terre et par là même,

LE FÉMININ S'INSCRIT DANS CE RÉSEAU D'INTERDÉPENDANCES, DE SENSIBILITÉ AU PROCHE, AU LOCAL, AU CONCRET

à se guérir et à guérir leur communauté des fièvres de la techno-société.

Réinviter la nature dans nos vies

Nous sommes entrelacés avec le vivant. Il nous faut désormais faire œuvre de cocréation avec le vivant. Et si nous plantions des jardins dans tous les hôpitaux, dans les écoles, sur le toit des maisons, dans les interstices des villes ? Et si les enfants allaient en cours dans les forêts, apprendre les maths en comptant des pommes de pin, l'Histoire avec l'ethnobotanique, la littérature avec les contes lus dans la nature ? Et si nous replantions tous des arbres, partout, autour de nos maisons, au lieu de les laisser détruire ? Et si nos villes devenaient des villes-jardins ? Des villes-forêts ? Des villes comestibles ? Nous vivrions mieux, en meilleure santé, moins dépressifs, plus reliés socialement. La criminalité baisserait, nos désordres anxieux aussi, nous créerions des millions d'emplois pour des jeunes qui planteraient, entretiendraient, valoriseraient la nature, végétale et animale, main dans la main avec les plus anciens.

Il faut nous recoudre au tissu chatoyant du

monde, et nous recoudre entre nous. Je repense à cette initiative émouvante des habitants de Loos-en-Gohelle qui ont entrepris collectivement de tricoter une écharpe géante autour des terrils de la ville, pour montrer leur attachement à leurs paysages noirs. Ces paysages ont été classés au Patrimoine mondial de l'Unesco depuis. L'écologie aide à réaliser ce qui nous entoure. De cette prise de conscience naît un engagement qui s'ouvre vers une cause plus grande que soi. Assumer cet engagement invite à un ré-ensauvagement de tout notre être, capable de libérer l'intuition et d'incarner ses idées. Ce ré-ensauvagement nous affranchit des règles et des contraintes, et permet de se réinventer en cohérence dans tous les aspects de sa vie : le corps (soi, les autres), la santé, l'alimentation, l'habitat, la pensée, le sens, les sens, et nos liens avec la nature.

Nous avons des relations de réciprocité avec le monde vivant. La nature est la garante de notre santé, mais également de notre épanouissement en tant qu'être humain, et de notre attachement à plus grand que nous. Replonger dans la nature, tous sens déployés, nous rend plus heureux, améliore nos relations aux autres et nourrit notre quête de sens en nous reliant à la grande communauté du vivant. En retour, cet attachement que nous pouvons tisser avec les éléments naturels, surtout lorsqu'il est noué dès l'enfance, est le socle de nos engagements écologiques. Un cercle vertueux duquel, une fois entrés, nous ne sortons plus jamais. La vie est rondeurs, cycles, recommencements, et la nature est notre grande roue. L'expérience de la nature est plus convaincante que bien des discours d'hommes en costume trois-pièces durant les grandes conférences internationales. Elle possède ses propres arguments afin que nous l'aidions à la protéger. Elle parle à nos sens et à notre corps, ou même à notre inconscient, alors même que nous n'y prêtons pas assez attention. Il nous faut replonger dans la nature, même quelques minutes dans un parc urbain de proximité, pour l'écouter nous parler, affiner nos sens à son contact et la laisser nous transfigurer.

L'AUTEURE

Journaliste, auteure et réalisatrice, **Pascale d'Erm** est spécialisée dans les sujets d'écologie et de nature depuis une vingtaine d'années. Elle a travaillé aux côtés de la Fondation Nicolas Hulot, de Yann Arthus-Bertrand, de l'ex-Cinquième (Gaïa) ou d'Ushuaïa TV. Son dernier documentaire, *Natura* (52', 2018) fait le récit inédit de 25 ans de recherches sur les bienfaits de l'expérience de la nature sur le corps et l'esprit humain. Un livre est à paraître en mars 2019 sur le même sujet aux éditions Les Liens qui Libèrent.

LE
JARDIN
D'ÉDEN DE
HANNAH
YATA

Cette métisse à demi japonaise explore avec audace la psychologie des profondeurs , n'hésitant pas à dépeindre les ombres les plus toxiques de notre société hors-sol : rejets chimiques funestes, bestiaire de laboratoire surnaturé, créatures fantastiques, hybrides ou trafiqués brandissant archétypes sacrés et objets de consommation. Toute une puissante symbolique s'y déploie sous un déluge de couleurs enchanteresses.

PAR CHARLES-MAXENCE LAYET

Hannah Faith Yata a grandi entourée de nature, dans les paysages verdoyants de la Géorgie, aux États-Unis. Après des études conciliant art, psychologie et féminisme, elle est arrivée à New York en 2012, ne se consacrant pleinement à la peinture qu'à partir de 2015. Il existe indéniablement une patte Hannah Yata. Ses tableaux luxuriants entrelacent la puissance de l'émerveillement devant l'infinie beauté du cortège des créatures terrestres et les mille visages des êtres de la nature ; avec une fascination intranquille pour les forces inconscientes et voraces qui sourdent à chaque instant, sans cesse et sans répit.

« L'un des fils conducteurs de mon travail porte sur la diabolisation de la nature - la grande déesse. Il s'agit de comprendre l'idée holistique de la nature, la nécessité de la mort, de la régénération et de la croissance en tant que cycle complet. Je voulais éveiller un concept de révérence, décortiquer ces couches et regarder les choses que nous avons soit ignorées, soit perçues autrefois comme étant diaboliques, muettes ou noires. Je veux, par ces œuvres, transmettre une compréhension du grand et du petit : le cycle, la spirale, la symphonie, la danse de la vie. »

TOTEM ET TABOUS

Ses sources d'inspiration sont littéralement multiples : croquis, poèmes, citations. Du besoin viscéral de les inscrire sur papier, elle les met ensuite de côté pour un temps, pour laisser les idées décanter. Hannah travaille à l'instinct, directement et avec très peu de dessins préparatoires pour la guider, changeant et peaufinant progressivement son message. « J'aime questionner la part humaine des archétypes. Mais aussi comparer les psychologies animale et humaine. La cruauté est-elle le propre de l'homme ? Ou n'est-ce pas plutôt la perception d'une conscience supérieure ? » Cette accumulation psychédélique nous fait traverser le plan de la raison, ouvrant une scène surréaliste et visionnaire. Le recours aux masques tribaux et aux peintures corporelles accentue encore l'irruption sauvage d'une psyché primitive, primordiale et débordante de codes. De signes cabalistiques antiques mais mystérieux, signes d'un langage archaïque, signes d'une protohistoire inconsciente. Ainsi, outre la nature fantastique, aussi majestueuse que vénéneuse, les motifs de l'ancienne religion, la mémoire du matriarcat, la célébration de la Mère, transpirent également de ses œuvres.

UNE SUBCONSCIENCE FÉMININE

« Ma relation avec le féminin a considérablement changé au fil des ans, explique-t-elle. Il m'était difficile de l'approcher,même de nouer des liens avec d'autres femmes. Avant, je le voyais comme une faiblesse, quelque chose de passif, sexuel, timide. Au fur et à mesure de l'approfondissement de ma compréhension du féminin, j'ai commencé à le comprendre comme une force vibrante de création, de beauté, de destruction, de sauvagerie et de sagesse. Je me sens maintenant devenir une étudiante du féminin, essayant de cerner tous les aspects de celui-ci et pourquoi, autrefois, il était source de peur et d'anxiété pour moi. Je sens humblement qu'il y a tant de secrets pour le féminin au pied de la nature. C'est devenu le travail de ma vie que de plonger et d'absorber ce mystère dans l'espoir de le comprendre de plus en plus profondément. »

www.hannahyata.com

P 146-147
Éden, 2016.
Huile sur toile

P 148-149
The Opulence of Memory, 2018.
Huile sur toile

P 150
Caduceus, 2018.
Huile sur toile

P 151
Eve, 2017.
Huile sur toile

P 152
Honey (détail), 2017.
Huile sur toile

P 153
In the Valley of the Moon, 2018.
Huile sur toile

L'INVITÉE DE LA **PLEINE LUNE**

Christine Hardy est une aventurière de la conscience. Sa recherche incessante, exigeante, lui a fait traverser les mondes et les frontières universitaires officiellement admises. Elle raconte dans *Saya ou le Haut Chemin*, ses propres cheminements intérieurs en Inde, en Asie et en Europe, à la rencontre de l'Amour Sacré. Ce récit hautement personnel, imprimé tout d'abord à compte d'auteur et diffusé dans un cercle restreint, aurait dû rester confidentiel. Dévoilé au terme d'une nuit d'insomnie, fortuite mais orbsienne, nous avons demandé à Chris H. Hardy d'en reproduire quelques pages, ce qu'elle a bien voulu accepter.

PAR **CHRIS H. HARDY**

C'ÉTAIT UN SOIR PLOMBÉ D'ATTENTE, COMME IMPRIMÉ SUR UN GRAIN ÉPAIS

où l'on se retient presque d'être à force de tant écouter. J'étais empêtrée dans mon trop d'amour, qui avait grandi, seul, de façon si dramatique, que chaque mot, chaque geste prenait une signification infaillible, résonnant dans ce volume d'éternité et se brisant en échos sur les multiples parois d'une sensibilité exacerbée. Toute innocence sombrée, ma passion prégnait l'espace de son ubiquité et se tenait maintenant tel un voile affolé entre toi et moi, déjà douloureux. Je te faisais face gauchement, toute serrée dans mon empreinte, ne pouvant retenir, dans le moindre regard, tout ce flot de sens qui m'habitait et me mettait si tragiquement à nu, tandis que je guettais le moindre souffle de chaleur, le plus léger assentiment à ce délire qui m'étouffait.

J'étais pourtant entrée dans ton espace d'un seul coup. Dans cette grande pièce tout en longueur aux tons de rouge profond, où s'entretenaient, dans un temps impassible, des objets d'art exquis, autour desquels la pièce s'orientait. Celle-ci était scindée en deux : côté rue, l'espace-travail ; une magnifique bibliothèque d'orientaliste, une table de dessin. Tu étudiais les religions orientales et le sanscrit à l'Université ; mais si profondément avais-tu pénétré le tantrisme que ta connaissance était un art vivant et silencieux, dont la transmission ne pouvait emprunter que la voie d'une secrète transfusion. Tu t'attachais à faire resurgir, de sculptures ensevelies ou oubliées, les Gauri, le culte le plus enfoui, le plus difficile à percer, de l'Inde, une des très antiques formes de la Déesse mère. Pour subsister, tu revendais des objets d'art ramenés d'Asie et travaillais pour quelques magazines.

De l'autre côté de la pièce, une table basse et des coussins, un lit très bas. De lourds rideaux ceignaient la baie vitrée donnant sur un petit jardin délaissé, aux arbres d'une tristesse poignante, dans leur dénuement mitigé de cette fin d'automne. Des plantes somptueuses s'élançaient jusqu'au très haut plafond, ou s'étalaient largement près des fenêtres ; un vase sur le tapis, empli de fleurs fraîches.

La nuit tomba, et la pièce de travail se retira dans une ombre épaisse. Les lourds rideaux furent tirés devant les deux baies vitrées. Dans l'espace intérieur, de bougies savamment disposées émanait une lumière feutrée, qui s'infiltrait dans les choses pour les rendre vivantes.
Mais voici que, déjà, l'air commençait a résonner comme s'il se trouvait là plusieurs mondes qui, s'enchevêtrant, voulussent s'exprimer dans le même nœud d'espace. Ou plutôt, comme si cet entrecroisement de lignes – notre rencontre – se doublait et se gonflait d'autres entrecroisements similaires, et que chacun parlât en ardent écho de l'autre. Et, là, nous étions muets et assommés par cette pesanteur inéluctable du destin, qui, en se chargeant de profondeur, et de conscience, rendait nos paroles affreusement pâles et incertaines. Et, déjà, je sentais en toi la peur, devant cette chose qui trouait, à mille endroits, la trame de notre histoire. Heureusement, il y avait aussi cette auréole d'Utrecht et de la Hollande, en toile de fond – une respiration ample qui nous portait et nous élargissait à tout un espace vibrant à l'unisson, répercuté d'un être à l'autre et s'appuyant sur la géométrie des maisons, pour mieux palper le ciel.

Et, ce premier soir, j'entrai tout d'un coup dans ce qu'était la Hollande. Car c'était, entre les êtres, une trame déjà portée haut et fier tel un blason, et qui chantait parfois de sa lumière d'or et finement brodée, dans la nuit ample et claire. Et cela couvrait toute la Hollande et résonnait même jusqu'à la mer, que l'on sentait clapoter, là, tout près, dans son immensité de fraîcheur d'eau, de sel et d'étoiles.

J'AVAIS DÉCOUVERT AMSTERDAM QUELQUES ANNÉES AUPARAVANT,

dans le jour comme une figure de proue ; la nuit, voilée de ses canaux aux reflets sereins comme des paroles tombées d'un secret sourire. Ce qui étonne, dans cette ville, c'est cet accord entre les êtres et la terre. Le sol est léger, presque aérien ; il invite à l'allégresse. Les pavés ont cette bonhomie des villes aimées et contemplées ; leurs mémoires sont belles et s'épanchent à fleur de terre. Les ponts s'élancent, d'une courbe gracieuse, enjambant les canaux, avec juste ce qu'il faut de réverbères, pour diaprer des rubans de brumes alanguies.

Amsterdam ressemble aussi à ces villes magiques et lumineuses que l'on dessine au rebord des contes de fées – tout y a une âme, et l'on sait bien que ce sont les êtres, épanouis, qui lui transfusent la leur. Ô que le regard ne se ternisse pas, que des villes, nées de la beauté, ne tombent pas en grisaille, parce que plus personne ne s'assied pour les contempler, pour se contempler en elles, pour écouter le temps de ces mille autres regards qui l'ont comblé de cette palette diffuse d'émotions, toutes encastrées sous ce lissé de la pierre.

Je découvrais maintenant "Ûtrerrht", dont le nom évoque une feuille soudain happée à la verticale par la brise, et glissant ensuite en volutes, en une calligraphie arabe. C'est une fenêtre en ogive d'une cathédrale gothique, qui élève puis retient en elle le son le plus sacré de la pierre. Utrecht comme un drapé de velours cramoisi, tombant d'une main sainte et blanche de madone. Utrecht recueillie dans son abbaye, le cœur pulsant de Maria Platz, dont les maisons s'assemblent en silence dans la nuit verte. D'autres canaux, aux éternelles rengaines de vélos accrochés aux fers forgés des rambardes. Cafés à peine arrimés qui ressemblent à des pontons entre eau et ciel.

Une grande maison où, parmi les odeurs apaisantes du bois ancien, planait un parfum indéfinissable d'Orient. Vous la partagiez à plusieurs, mais les espaces étaient bien séparés, respectés par chacun. Des règles simples, méticuleusement observées, maintenaient un ordre précis, pratique, sans aucunement nuire au charme de cette vieille demeure, où se mêlaient l'avant-garde et le suranné, le traditionnel et l'exotique. Dans la cuisine aux tons mauves et violets, des plantes posées sur les rebords de bois glissaient de leurs feuilles et de leurs tiges le long de la fenêtre. Pots de terre cuite, finement colorés, aux si émouvantes exhalaisons. Bouteilles d'étranges formes, pots de verre lourd et fondu emplis d'épices farfelues, de plantes aux vertus innombrables, de fleurs décolorées. Des choses dont chacune avait son mot à dire et s'épanchait nonchalamment, qui dans une couleur, qui dans une forme ressemblant presque à un geste. C'était là que se condensait un rapport serein, et si secret, à la Nature. Dans chaque plante dont on connaissait la vertu, et qui faisait palpiter, jusque dans la ville, les racines de la terre.

Que la mémoire de l'homme est belle, quand elle retrouve ainsi spontanément, prolongeant leurs fibres, les milliers de traces qui nous relient à tout ce qui existe, pour les faire revivre à travers des objets dont chacun s'étage à de multiples profondeurs. Les objets sont des élixirs de significations, qui s'enfilent les unes les autres et font palpiter, ailleurs ou dans le passé, la texture même d'un instant de vie. Et nous, comme un radeau, sur la frange d'un lac aux eaux miroitantes, percevant à peine quelques brefs reflets. L'aveuglement est si prononcé que l'on peut se demander comment l'homme survit. Mais il survit parce qu'il est porté par cette trame dense et sous-jacente de la vie, dont il ne peut détruire finalement, que ce qu'il en perçoit : des reflets.

J'avais vécu une expérience similaire en Inde, dans la ville sacrée de Nasik, corbe lovée entre les collines où s'alanguit, en de multiples bassins, le fleuve. Là, tous les êtres vivaient en symbiose, dans le cœur de la ville jonchée de temples. Aux Indes, c'était si naturel, quand des centaines d'êtres se sont dédiés à la méditation, au yoga, à la prière, et qu'ils demeurent, jour et nuit, dans cette écoute ininterrompue, à la source de la vie. Mais ici, en Europe, qu'il y eût assez d'êtres forgés de lumière et éveillés, pour tisser cette trame subtile d'un point de conscience à l'autre, dans l'écoute agrandie, cela signifiait qu'une aube était à l'œuvre dans les entrailles de l'humanité. Je buvais le ciel, à pleines étoiles.

Nous devisions, oh très sagement, sur mille et une choses, assis sur le tapis dans des postures hiératiques, tandis que s'entrelaçaient dans la texture du silence, de plus vastes perceptions. Entre les phrases m'empoignait cette démesure d'immensité, résonnante redondance d'un vide qui se propageait, en distendant l'espace, incommensurablement.

Nous étions là, cernés par ce vide regorgeant d'âme, tels des acteurs pantins un peu gauches, conscients que l'attention est ailleurs. Mais, simultanément, nous étions aussi l'âme brûlante de cet ailleurs, nous partagions le tissu de cette trame et même la revendiquions quand, suprême degré de l'écoute, celle-ci devient une pure création de fils de lumière.

Soudain, sans que j'eusse pressenti ton geste, tu t'étais déplacé et m'enrobais de toutes parts. Le corps chavira, emporté par ses propres brasiers silencieux. Mais cette musique de la trame, elle devint l'orgue sur lequel se jouaient les émotions les plus savantes de l'amour. Avec chaque geste vibrait une des teintes de la palette humaine, vibrait, comme la fleur à l'approche de l'abeille. Et les caresses n'étaient autres que des pensées miraculeusement épanouies jusque dans la texture intériorisée du corps, qui, de lui-même, s'ancrait dans les racines de la terre. Ce corps, c'était le mien, et l'Autre, le corps de la terre imprégné des destinées flamboyantes de milliers d'êtres. Tu faisais jaillir en moi ces teintes à peine busquées de plaisirs inconnus, tandis que, racine même du geste, ta pensée m'atteignait d'une beauté éphémère et sans cesse renouvelée, ciselée à même le tissu de l'humanité, dans ses éclosions pressenties.

ET VOICI QUE JE ME COULAIS DANS CETTE DIMENSION INOUÏE,

accomplissant l'antique rituel d'un très magique acte de création, contenu tout entier dans l'instant. De mon corps, la réponse jaillit, immédiate, car la mémoire se fit ; et je laissai le grand flot de l'humanité et des êtres passer en moi, donnant leur plainte, leurs griffes, leur son dans la vaste poésie de l'univers. J'étais un paysage plat de sables érotiques, rejaillissant dans l'immobilité nue la gracieuse courbe d'un sillon de mer. Cette femelle, lionne, joueuse, qui mord et soudain s'arrête l'instant d'un rêve. Je te percevais sous les archétypes les plus torrides, ciel lourd et pressant de toutes parts, tige-racine, rocher sonore et fier, ceint d'herbes frêles et pétillantes ; oiseau fulgurant, transgressant l'air d'un fin frôlement bleu ; montagne aux tortueux élancements, autour de laquelle de minces cours d'eau se jouaient. Chaque son engendré de la Nature terre était si sacré qu'il incendiait le dedans des choses, les ramenant à elles-mêmes, dans leur note la plus pure.

Les pensées, prégnantes de beauté, deviennent gestes, pressions, louvoiements, rythmes, expirs et souffles, saillances et renoncements ; qu'elles puissent pénétrer la dimension du corps, et soutenir une volupté d'une luxuriance extrême, d'une intensité telle que chaque instant devient son propre but, prenait pour moi la saveur d'une illumination. Je comprenais que ce n'avait jamais été le geste, en soi, mais la pensée et le sentiment qui l'accompagnaient qui créaient la sensation éprouvée.

Nos esprits étroitement en résonance, je sentais, comme s'il se fût agi de mon propre corps, la caresse que mes doigts tissaient sur ta peau. J'étais engloutie de sensations doubles, les tiennes et les miennes, donnant et recevant, créateur et son œuvre, pensée à divers moments d'expression dans l'univers.

J'ÉTAIS, J'EXPLORAIS, LA FEMME, DANS SES VISAGES SEREINS, GLORIEUX, NOSTALGIQUES,

dans sa façon de se couler, se prolonger en l'autre, d'enceindre la vie, dans ce yin de la sagesse taoïste qui, en se laissant pénétrer du monde, devient le monde – ce monde vivant qui nous regarde. Et déjà rôles et cloisons s'effritaient, laissant présager la réalité de consciences infiniment plus vastes qui sont aussi nous-mêmes. Quand soudain, tout ce chant et cet éveil de la vie, se gonfla du souffle superposé d'une étreinte inlassable – dieu et déesse enlacés dans une dimension implosée de l'ailleurs, tendant de toutes nos fibres à cet éclat de conscience qui est l'immense redevenant l'immense, quand toute digue s'est effondrée.

Des cultures, dans leur fond sacré le plus noble, passaient en nous, nous enrobant un moment dans des estampes fugitives, drapant les plis les plus intimes de l'âme dans des délicatesses extrêmes.

Plénitudes du vécu archétypal, quand l'antique boucle rejoint les formes lumineuses du futur, quand la sensation d'être absolument Cela, de toute éternité, remplit tous les pores de la conscience d'ici ; et soudain celle-ci se retrouve dans son être intégral qui, en différents nœuds d'espace, troue le temps des vécus innombrables. Parce que cet être-là de nous-même existe, en un centre immuable, et cependant animé, avec lequel il ne peut se réaliser qu'une mystérieuse conjonction.

Et cependant, happés par l'indivis, nous restions doubles, pôle masculin et pôle féminin, chaque essence intrinsèquement créative et double. C'était le mystère de cet enlacement du monde, ultime création se déroulant éternellement, dans le vortex où s'invertit le labyrinthe qui remonte alors à la source.

Comme des entités particularisées, nous errons dans les champs divers de consciences multiples et localisées, dont chacune peut retrouver le fil du centre implosé, du couple cosmique, de l'Un. Mais chaque lieu se referme sur nous de ses voiles denses, qui ne sont que la réflexion de pensées emmurées – si infailliblement créons-nous, malencontreusement sans même le réaliser, la trame et jusqu'aux événements de notre vie.

Que cet air d'Utrecht fut agrandi aux étoiles. Que la radio jouât toute la nuit des musiques sublimes. Que cet enlacement se poursuivit, ininterrompu, comme hors du temps, corroborant les mille coups amoureux des taoïstes, au point que la notion d'orgasme n'ait plus qu'un sens affadi – pic qui prélude inéluctablement la fin. Je ne m'étonnais de rien en particulier, étant au cœur d'un étonnement fulgurant, irréductible. Car tout se trouvait placé, enfin, dans l'ordre initial, ultime, de la conscience.

De t'avoir trouvé, la joie éclatait en moi et je la sentais rejaillir identique en toi-même. Il n'y avait plus de portes. J'étais toute entière dans ton entier. Les consciences immergées l'une en l'autre, les corps transfusés.

MON REGARD S'INFILTRA DANS CETTE STATUE NÉPALAISE D'UN COUPLE DIVIN ENLACÉ,

qui siégeait au centre symbolique de cette pièce, sur la table basse de bois lisse et noir. Gravée dans le bronze se déployait la clé que tu avais déchiffrée – quand, vivant le corps en tant que pensées faites chair, nous avions atteint le pur déploiement d'une fusion mystique, dont l'orbe d'or, et comme implosé dans sa propre méditation souterraine, nous avait ceints d'un éclat lumineux.

Et les corps spiritualisés et comme fondus dans ce soleil transcendant, perpétraient l'ignition du feu qui s'élançait d'une seule flamme sûre et sereine – s'enroulant intérieurement dans nos chakras-miroirs – jusqu'à cette sphère du plus profond silence où s'épanchaient nos fronts. Et je sus que le corps pouvait prier, et que, durant cette transfusion devenue sacrée, il s'ancrait dans la plus haute mélodie des âmes – et lui, le maudit, retrouvait sa place dans l'ordre immanent de la création.

SECRET – ÉTINCELANT – QUI FUT CONTÉ JADIS DANS LA PIERRE CEIGNANT LES TEMPLES HINDOUS, SUR LES THANGKAS TIBÉTAINS, DANS L'ART SACRÉ TAOÏSTE.

Puis perdu, dans cette période glaciaire et morcelée où, notre vision du monde s'étrécissant à l'objet, le corps, culpabilité ou plaisir, ne sut plus s'harmoniser au grand rythme cosmique. Quand, enfin, un grand souffle balaya la terre et la ranima dans son tréfonds, jusque dans ses visages les plus enfouis du futur. Et de ces secrets éternels, qu'une jeunesse fauve et sublime cueillit, jaillit l'ultime prescience d'une réalité vivante, qui retrouvait les attributs de l'être.

L'AUTEURE

Sensitive et mystique, **Chris H. Hardy,** docteure en ethno-psychologie, est une théoricienne pionnière dans les domaines de la conscience et du nouveau paradigme en psychologie cognitive, pensée jungienne et cosmologie. Auteure de nombreux articles scientifiques et de 17 ouvrages sur la conscience, elle a exploré la conscience non-locale et le psi, développant sa propre théorie des champs sémantiques.

BIBLIOGRAPHIE

Réseaux énergétiques et conscience collective, Dervy, 2016

La Prédiction de Jung Dervy, 2012

Saya ou le Haut Chemin éd. Terra Futura, 2008.

La Pensée agissante éd. du Dauphin, 2002

Chris H. Hardy est aussi l'auteure, en langue anglaise, d'une recherche sur les tablettes sumériennes, de deux romans de science-fiction d'exopolitique, et d'une théorie cosmologique.

Space Allies Exopolitics Sci-Fi. CreateSpace 2017.

Wars of the Anunnaki Nuclear self-destruction in Ancient Sumer. Inner Traditions, Bear & Co. 2016.

Butterfly Logic: Experimental Planet Earth, Exopolitics Sci-Fi series CreateSpace 2016.

Cosmic DNA at the Origin: A Hyperdimension before the Big Bang. The Infinite Spiral Staircase Theory. CreateSpace, 2015.

DNA of the Gods The Anunnaki Creation of Eve and the Alien Battle for Humanity. Inner Traditions, Bear & Co. 2014.

www.chris-h-hardy.com

BIOSPHÈRE II
Oracle, Arizona.
2016.

BIOSPHÈRE 2

ITINÉRAIRE D'UNE FEMME PLANÈTE

PAR **ABIGAIL ALLING**, AVEC MICHÈLE DECOUST

Imaginez un monde vivant, avec sa plage, son désert, ses marais, son océan. Mais un monde en vase clos, miniature, habité par un groupe de huit héros, enfermés ensemble durant deux ans et confinés à produire leur propre alimentation, surveiller sans relâche leurs déchets. Un laboratoire de recherche, pour étudier l'écologie terrestre. Ce projet un peu fou a bel et bien existé. Baptisé Biosphère 2, il a été construit dans le désert de l'Arizona à la naissance des années 1990. La scientifique Abigail Alling, sa directrice de recherche, a confié à *Orbs* comment cette expérience extraordinaire, et celles qu'elle a connues auparavant, l'ont préparée à faire conscience commune avec la planète. Notre belle et singulière planète Biosphère 1.

LES BIOSPHÉRIENS avant la fermeture de Biosphere II le 26 septembre 1991. Taber Mc Callum, Mark Nelson, Sally Silverstone, Jane Poynter, Linda Leigh, Abigail Alling, Roy Walford (+ 2004) et Mark Van Thillo.

Aux tout débuts de ma vie, j'ai grandi dans le Maine, sur la côte Est des États-Unis, et j'ai passé mon enfance sur une île qui était très belle, avec une grande plage qui s'étendait sur des kilomètres. Une plage très vivante, avec de grandes marées, peuplée de phoques, d'oiseaux migrateurs rares et d'espèces menacées qui se réfugiaient dans des marais où l'on se cachait... Tout cela bruissait de vie, sous la pleine lune qui montait sur l'océan. J'allais donc voir régulièrement mes grands-parents qui y résidaient, puis mes parents sont venus y habiter. C'est devenu notre maison de famille.

Il y avait tant de beauté tout autour de nous, que ce monde de la nature a été tout de suite le mien. En fait, je n'ai jamais vraiment vécu dans une ville. C'est donc ce monde qui m'a forgée, m'a donné la chance d'aimer la mer, et insufflé l'envie de devenir une exploratrice de l'Océan. J'ai vraiment reçu cet Appel de la mer, je voulais un jour mettre les voiles et aller là où la mer allait me guider... et c'est là que j'allais rencontrer les baleines et les dauphins.

C'est à ce moment-là, à 17 ans, que je suis montée sur un plus grand bateau que mon petit voilier. Nous avons été pris dans un ouragan, et j'ai eu la chance d'être la seule à ne pas avoir le mal de mer... En réalité j'ai aimé cela, les mâts, la bôme, tout branlait, mais je me suis glissée derrière le gouvernail, et j'ai pris en main le bateau. Et quand nous nous sommes dirigés vers l'œil du typhon, nous sommes tombés sur des vagues de 30 mètres de haut. Hissés sur leur crête, on a tous réalisé combien on était tout petits face à notre immense Biosphère.
Cette expérience m'a aussi donné la certitude intérieure que j'étais vraiment faite pour la vie en mer : roulis, tangages, grandes houles, tempêtes, rien ne me faisait peur... Et au milieu de tout cela, les baleines, et les dauphins surtout, étaient toujours là. Ils m'ont poussée à naviguer de plus en plus loin... jusqu'à l'Arctique et l'Antarctique, et sur tous les Océans de la planète.

Depuis toujours, j'ai été fascinée par les dauphins. Mais au départ, j'ai surtout grandi avec des chevaux, qui sont des êtres si beaux. Je montais beaucoup à cheval, seule ou avec des amis, on parcourait les forêts, on s'y égarait aussi... J'ai vraiment eu toute jeune une très forte connexion avec toutes sortes d'animaux. Mais les dauphins ont toujours habité mes rêves, car ils longeaient les côtes où nous habitions. Je nageais avec eux et voulais les suivre là où ils m'entrainaient... Quand ils vous approchent, baleines et dauphins vous regardent droit dans les yeux. Il y a toujours cette connexion émotionnelle, que je n'ai cessé d'entretenir depuis... Et puis les dauphins m'ont conduite vers les cachalots : Ce sont les plus grands mammifères marins sur la planète. Quand j'ai commencé à travailler avec eux au Sri Lanka, j'étais en fait la photographe de l'expédition, qui comprenait un scientifique anglais et des chercheurs de pointe de l'université de Cambridge. J'étais celle qui allait sous l'eau, pour photographier et identifier mâles et femelles.

QUAND ILS VOUS APPROCHENT, BALEINES ET DAUPHINS VOUS REGARDENT DROIT DANS LES YEUX

Ces baleines m'avaient vraiment conduite à ce ressenti-là... Sous l'eau avec elles, c'était si simple, elles étaient à l'aise avec moi, moi avec elles. On avait aussi ce type de communication ensemble, où l'on savait en même temps ce qui se passait tout autour de nous. On était comme une seule et unique conscience. On savait ensemble quand on entrait en communication, j'étais acceptée, cela ne posait jamais aucun problème que je nage à leurs côtés et me mêle à elles. Cela me donnait un sentiment de confort, d'être acceptée, et ce n'était pas juste émotionnel... c'était comme une étreinte planétaire. Puis je suis retournée à Yale. J'étais en charge d'étudier les baleines bleues au Sri Lanka, c'était mon sujet de recherche en tant que biologiste spécialisée dans l'environnement. Le dernier jour, j'étais en compagnie de ces baleines bleues, et je me suis retrouvée dans un autre monde : nous étions avec elles, on leur parlait, et c'est comme si elles savaient que c'était notre dernier jour... C'était au coucher du soleil, et quand on a commencé à ranger nos appareils photo et nos équipements de plongée, quatre baleines ont convergé vers notre bateau et ont commencé à danser tout autour, à plonger et ressurgir ensemble, à faire de grands cercles, tout en nous observant. C'était comme un moment suspendu, de reconnaissance réciproque. Et c'est comme si, à ce moment-là, j'avais compris avec elles que je témoignerais pour toujours de leur beauté, de leur intelligence, de leurs capacités à être avec nous. Il faut vraiment se laisser aller à ces moments-là, prendre le temps d'y plonger, ce qui n'est pas si courant... J'en suis ressortie transformée, j'avais un regard neuf, j'avais celui des baleines, et toutes ces expériences m'avaient permis de devenir une part d'elles-mêmes.

J'avais déjà été préparée à cette conscience « agrandie ». Lorsque l'on est une petite fille qui grandit au bord de la mer, vit directement sur la plage – notre maison était située juste au bord – l'horizon, la vision ne sont bien sûr pas les mêmes que quand on vit en ville. Sans m'en rendre compte, ce regard contemplatif qui se porte au-delà de l'Océan, construisait en moi une conscience élargie qui m'était naturelle. Mon grand-père écossais jouait de l'accordéon sur la plage, et par les nuits étoilées, nous chantions, dansions, faisions de la musique. Ma mère et ma grand-mère, plus notre chien, nous rejoignaient et nous chantions tous ensemble, rions aux éclats à en tomber à la renverse... pour se retrouver allongés face à la mer, sous ce grand ciel étoilé, dans cette immensité. Cette vie était donc totalement sauvage, belle, juste entre la mer et le ciel étoilé.

Une autre rencontre fondamentale dans ma vie est celle de l'équipe de Biosphère 2. Je vivais alors au Sri Lanka, car j'étais en mission pour étudier les mammifères marins, et je faisais l'aller et retour avec les États-Unis. C'est dans l'avion que j'ai rencontré John Allen. Il allait rejoindre un voilier dans le port de Colombo. Cela a attiré mon attention car, à l'époque, il y avait peu de voiliers. On était en 1985, et je travaillais alors pour le gouvernement du Sri Lanka comme conseillère pour leurs grands cétacés. Mon voilier venait de quitter le port pour une courte expédition, et John Allen m'a proposé d'aller avec lui accueillir son grand voilier. Et tandis qu'on l'attendait – mais à l'époque il n'y avait pas moyen de prévenir de son arrivée – l'éventualité d'un bateau arrivant dans ces conditions, “à l'heure pile” me semblait plutôt improbable... On se poste sur le quai, et dans l'heure qui suit, leur bateau, l'*Héraclite*, se pointe à l'entrée du port. C'était vraiment un bateau étrange, une jonque chinoise... donc très inhabituelle dans le port de Colombo !
Un canot est mis à l'eau, qui s'approche de nous, j'entends crier « Johnny ! »... C'était “Laser”, Mark van Thillo, qui pilotait ! Il savait que Johnny allait les attendre sur ce quai-là... car il en avait été décidé ainsi. Dans les années 80, sans moyens de communication, cela relevait réellement d'un plan très bien orchestré : l'*Héraclite* devait embarquer Johnny à bord, tel jour à telle heure, et c'est ce qui se passait sous mes yeux... Ils étaient là, en temps voulu, et sans que je le sache... moi aussi avec eux ! J'ignorai aussi bien sûr que Laser deviendrait, des années plus tard, mon compagnon. C'était une rencontre cosmique ! Mais pendant notre heure d'attente, Johnny avait eu le temps de m'expliquer son projet Biosphère 2.

En tant que diplômée de l'université de Yale étudiant l'environnement, qui voyait déjà se propager sur toute la Planète la pollution et la surpêche, ainsi que les changements dans l'atmosphère menant à se questionner sur le CO2, cela a tout de suite fait tilt. Déjà toute jeune étudiante, je me sentais triste et déprimée en constatant l'éradication des forêts, sans aucun respect pour le Vivant. La seule solution proposée face à la pollution, était alors la “dilution”. Et comme on imaginait encore notre monde immense et infini, on pensait qu'il serait assez grand pour absorber toutes nos pollutions ! Donc personne ne pensait à long terme, personne n'envisageait un développement “soutenable”. En outre, comme je m'occupais des dauphins et des baleines au Sri Lanka, j'étais bien sûr avertie des prises dans les filets en fibres synthétiques, qui suivaient les nouvelles normes internationales définies par les Nations unies... mais dont les mammifères marins ne pouvaient plus s'échapper, car ils étaient bien plus solides que les filets en coton, et quasi invisibles sous l'eau, surtout des dauphins. Et, dans le cadre de ma mission, pour avoir fait le tour de tous les ports du Sri Lanka, et rencontré les pêcheurs locaux, j'avais appris que 3 000 dauphins par an étaient portés manquants. Or le Sri Lanka était alors un sanctuaire pour ces mammifères, ainsi que pour les baleines, car il y a beaucoup d'eaux profondes tout près des côtes, qui regorgent de nourriture à cause des remontées de plancton vers la surface. Essayez d' imaginer tous ces poissons côtiers, et les grands pélagiques se prenant dans ces gigantesques filets, et s'y noyant ! À ce moment-là, mon sujet de recherche devenait extrêmement déprimant.

CONSTRUIRE UN MINI-MONDE ET APPRENDRE DE LUI COMMENT LA VIE SAIT RECYCLER

Quand j'ai entendu parler de Biosphère 2, j'ai donc sauté sur l'opportunité, car je ressentais que c'était un projet très beau à réaliser. Mon imagination s'enflammait : Construire un monde miniature, et apprendre de lui comment la Vie sait recycler, comment elle est soutenable, comment on peut prendre soin d'un mini-monde et le soutenir à notre tour... Quand Johnny m'a expliqué tout cela, m'a annoncé qu'ils cherchaient quelqu'un pour diriger les systèmes marins, puis m'a demandé très vite si j 'étais intéressée, j'ai tout de suite dit OUI. J'avais alors 26 ans. Il m'a fait tout de suite confiance. J'étais jeune, mais en fait j'étais déjà prête pour cette mission, j'y avais été préparée. Mes études, toutes mes expéditions en mer sur de grands voiliers, sur tous

MIR
Après l'Héraclite, Mir est devenu le voilier de recherche de Abigail Alling et Mark Van Thillo.

les Océans jusqu'en Chine, m'avaient donné cette expertise. Et Johnny l'avait tout de suite senti : j'étais la bonne personne pour ce poste-là.

Au même moment, la guerre éclatait au Sri Lanka, et j'allais être forcée d'arrêter ma mission, car cela se passait dans l'Est du pays, là où je travaillais avec les dauphins et les baleines. Et cette guerre allait durer 18 ans. J'opérais au Sri Lanka depuis l'âge de 21 ans, cela faisait donc cinq ans. Cette proposition tombait donc à pic, car il fallait vraiment que je fasse un break. Je suis donc venue en Arizona, sur le site du Projet.

En 1985, le terrain avait déjà été acheté, et le design du Projet achevé. En 1986, je rejoins l'équipe pour la première conférence, où étaient réunis tous les consultants et experts, ainsi que les managers clefs. C'est aussi la première fois que j'entre en contact avec le docteur Walter Adey, consultant sur les systèmes marins. Entre 1985 et 1987, je partage mon temps entre l'*Héraclite*, devenu une plateforme d'études et de formation sur les Océans pour le projet Biosphère 2... J'étais donc à la tête de ces recherches sur le terrain. Et quand je revenais sur le site, j'étais en charge du design de l'Océan et de sa construction. Je portais les deux casquettes.

Dès 1989, l'océan de BIOSPHÈRE 2 prenait forme avec les rochers et le sable, puis les palétuviers, que l'on maintenait en vie dans une serre à part. Pendant ce temps-là, on rassemblait les roches calcaires locales ainsi que celles qui deviendront le point d'ancrage des récifs coralliens : des camions iront les collecter en Floride et dans les Bahamas, et je participerai aussi à ces expéditions.
Je suis donc à plein temps sur le site, achevant la collecte des espèces pour l'Océan et le marais. Je ne suis pas encore une “biosphérienne”. Je ne fais pas partie de l'équipe choisie. Mais plus le temps passe, plus Johnny et Margaret, Margaret L. Augustine, architecte et cofondatrice du projet, aussi compagne de Johnny, s'aperçoivent que, dans le groupe déjà sélectionné, personne n'a la moindre expertise des océans et des marais. Or c'était l'écosystème le plus difficile à bâtir, et surtout à maintenir en vie. Et d'un seul coup, je réalise de mon côté que « Oh mon Dieu, je vais avoir à entrer dans cette Bulle ! » Car l'océan surtout, et les coraux, allaient réclamer une attention de tous les instants. Ainsi dès la fin de 1990, moins d'un an avant la fermeture de Biosphère 2, Margaret

L'AUTEURE
Au cours des trois dernières décennies, **Abigail “Gaie” Alling** s'est activement engagée dans des projets environnementaux et de conservation marine. Titulaire d'une maîtrise en sciences de l'université de Yale, elle a été directrice des systèmes écologiques marins pour le projet “Biosphère 2” et directrice de la recherche au cours de l'expérience 1991-1993 dans le désert de l'Arizona qui a définitivement transformé sa conscience. Elle habite aujourd'hui l'île de Bali, où elle dirige et préside la Biosphere Foundation.

et Johnny me proposent d'entrer dans l'équipe... Il a fallu que je m'habitue à cette idée, cela s'est passé si vite !

J'ai commencé à me préparer à ce voyage, qui est bien sûr totalement passionnant, même si par moments je n'y crois toujours pas, tandis qu'à d'autres cela me semble tout à fait normal et naturel d'avoir été choisie. Pour avoir été très investie dans l'élaboration de l'Océan, jusqu'au moindre détail, il est clair que j'avais été sans arrêt en contact avec les chimistes, les biologistes, les ingénieurs et les architectes. S'assurer par exemple que les eaux de la cascade tombaient de la bonne hauteur, et circulaient bien à travers la forêt tropicale jusqu'à la savane, avait requis tous les savoir-faire. J'avais moi-même ajusté les rochers dans l'océan, placé les récifs coralliens, aligné les palétuviers en lisière des marais. Je savais où tout trouvait sa juste place, depuis ma plus tendre enfance. J'agissais aussi comme une artiste, totalement engagée, qui vivait et respirait tout ce qu'elle faisait. Et puis, deux ans avant d'entrer dans la Bulle, j'étais aussi mobilisée en sous-sol dans la technosphère, pour comprendre et vérifier les systèmes techniques qui allaient réguler l'Océan et actionner les vagues.
Bien sûr, dans une vision plus globale de la Biosphère, je travaillais aussi en étroite collaboration avec le directeur de la Recherche et du Développement, John Allen, qui en tant que scientifique, était l'une des personnes clefs, tant au niveau des systèmes techniques, que dans la maîtrise des systèmes marins. Je savais donc comment fonctionnaient tous les écosystèmes entre eux, ainsi que la technosphère qui les assistait.

Au moment où je suis entrée dans Biosphère 2, lorsque les portes se sont refermées, j'avais aussi l'expérience de faire partie d'un système beaucoup plus vaste. Je ne suis pas entrée comme une scientifique, avec ses instruments de mesure et son carnet de notes jaune, pour étudier de l'extérieur la Biosphère, mais comme quelqu'un qui en faisait déjà intégralement partie, et dont la mission était avant tout d'en prendre soin. Et en tant que directrice de la Recherche, je devais m'assurer qu'on ne lui ferait pas de mal, ainsi qu'à nous-mêmes, car ma fonction incluait aussi la responsabilité de la bonne santé des humains... Et , bien sûr, des coraux. À eux seuls, ils étaient une préoccupation de chaque instant, il fallait les surveiller chaque jour, et heure par heure. Le marais,

OR C'ÉTAIT L'ÉCOSYSTÈME LE PLUS DIFFICILE À BÂTIR, ET SURTOUT À MAINTENIR EN VIE

lui, pouvait se prendre en charge tout seul, c'était beaucoup plus facile.

LES CAFARDS SONT DEVENUS, EN CIRCULANT, LES VÉRITABLES POLLINISATEURS

Entrer dans la Bulle inaugura l'expérience d'une nouvelle manière d'être, liée à une conscience qui ne pouvait que s'élargir. Car il ne s'agissait pas d'expérimenter un mode de vie sur notre Terre, comme jusqu'à présent, mais d'entrer dans un monde qui était une Création, à laquelle j'avais participé, de tout mon être. Et j'étais maintenant une part de cette création, et prête à apprendre comment être, et vivre avec elle.

Six semaines seulement après notre entrée dans la Bulle, j'ai pris conscience que le tempo de cette Biosphère, sa vibration, était très rapide, comme accélérée. Parce que le cycle de l'air, de l'eau, toutes les molécules recyclées à travers ces écosystèmes, circulaient en fait très rapidement. J'avais la sensation physique que cela circulait aussi très rapidement à travers moi. Tout s'accélérait, et je faisais comme partie... d'un cyclotron. D'un accélérateur de particules qui tournoyaient. C'était un nouveau type de Biosphère, qui n'était pas lente comme notre Biosphère terrestre, elle était au contraire très rapide, et ses changements étaient perceptibles pour nous tous, immédiatement... Au bout d'un an, on était tous complètement alignés sur ce rythme, on en faisait partie.

Cela se jouait aussi au niveau des écosystèmes, à un rythme rapide. Par exemple, certaines espèces de coraux commençaient à changer dans différents endroits de l'Océan, leur morphologie se transformait, leur couleur aussi (on avait moins d'ensoleillement que prévu), et aussi parce qu'ils ne vivaient pas au niveau de la mer, mais à 1 200 mètres au-dessus : tous ces paramètres jouaient sur leur morphologie. Et dans le marais, on pouvait observer qu'une espèce se développait plus vite que les autres, ou que de nouvelles surgissaient, et trouvaient de nouvelles éco-niches. Également, au cours de ces deux années, on a dû apprendre à polliniser nos plantes, car certains de nos pollinisateurs n'ont pas survécu. Les cafards, destinés à recycler la biomasse et les déchets, en parallèle avec les fourmis, sont devenus en fait les véritables pollinisateurs, car en circulant, ils transportaient le pollen un peu partout en lieu et place des abeilles... qui avaient très vite disparu, elles. On fécondait aussi nos plantations à la main, pour récolter ensuite les semences. On a ainsi découvert que notre Biosphère s'adaptait en innovant, pour maintenir vivants ses écosystèmes. Nous devions nous aussi, en retour, nous adapter et innover.

À la fin des deux ans, je suis vraiment devenue Biosphère 2. J'étais Elle, j'étais SA voix. On avait été transformés par Elle. On était de nouvelles personnes, car nous étions devenus Elle. On la portait, elle nous portait. Nous étions devenus extrêmement perceptifs, sensitifs. Nous partagions ensemble cette sensation qu'on était maintenant comme les Anciens, reliés à leur environnement, observant la Nature, apprenant d'elle, attentifs à elle, prenant soin d'elle, l'aimant et se nourrissant d'elle, intégrés à ses cycles. C'est ce que l'on était devenus : des indigènes, des peuples premiers. Car on faisait la même chose qu'eux. Parallèlement, on devenait aussi partie intégrante du Futur, car en cette fin des années 80, on disposait de technologies de pointe, on avait des ordinateurs, des capteurs, on surveillait les cycles des molécules, leurs flux, on les mesurait jusqu'au millionième... C'était l'une des premières fois au monde où l'on pouvait plonger à ce point dans la chimie des particules. Ainsi ce que l'on peut appeler la "transe naturaliste", celle que vivaient les Anciens ou les peuples indigènes, ne faisant qu'UN avec la Nature, se complétait d'une observation très fine, doublée d'une approche holistique de l'écologie.

PARALLÈLEMENT, ON DEVENAIT AUSSI PARTIE INTÉGRANTE DU FUTUR

De retour dans Biosphère 1, notre Terre, je peux dire que 25 ans après, ces perceptions ne m'ont jamais quittée. Mais à la sortie de la Bulle, cela m'a pris beaucoup de temps pour me réajuster à notre planète Terre. À ce moment-là, la Biosphère m'a vraiment manqué. Je m'y sentais plus chez moi, mon corps s'y sentait plus à l'aise, dormir, manger, me semblaient si naturels à l'intérieur... J'avais tant changé que cela m'a vraiment pris du temps pour re-changer, et me réadapter. La chose la plus difficile fut quand, en avril 1994, c'est-à-dire six mois après notre sortie, on nous a "repris" la Biosphère. Étant devenue Elle, pour l'avoir tant aimée, et pris soin d'Elle, quand elle a été démantelée, récupérée, et qu'elle a de fait cessé d'exister... cela m'a dévastée. C'était comme si une partie de moi m'avait été arrachée, ou comme si j'avais perdu un enfant... Et ces 25 dernières années, c'est ce qui a été pour moi le plus difficile à vivre : la tristesse et la tragédie de perdre ce si beau monde miniature. C'était quelque chose d'unique au Monde, même si on veut le recréer, cela ne sera plus jamais la même chose. C'est son ÊTRE psychique qui ne sera plus jamais là. On a appris tellement, cela nous a enseigné tant et tant... La seule chose qui reste aujourd'hui, c'est ce qui demeure dans nos êtres, dans nos corps.

Telle est la seule chose que nous pouvons transmettre aux autres : ce que nous avons appris de nous-mêmes, et aussi comment vivre en harmonie avec notre Biosphère, comment mettre la technologie au service de l'écologie, créer quelque chose de beau, de vivant, et un Futur où chacun se reconnaîtrait. Comment l'appliquer ici, à notre Planète, pour qu'il devienne une réalité concrète ? C'est l'enjeu d'aujourd'hui. Et cela commence à se produire, peu à peu.

Dans le monde entier, les consciences s'éveillent au fait que « nous sommes notre Biosphère », que notre santé est synonyme de la Sienne. Si nous ne prenons pas soin de notre Nature, c'est notre propre corps que nous polluons. Notre travail aujourd'hui est de nous relier à des gens habités du même esprit, et de créer ce Futur avec eux. In fine, nous serons tous concernés, car personne n'est séparé de la Biosphère. Et l'on peut vivre en harmonie, et dans la beauté, avec Elle.

www.biospherefoundation.org

[redacted]

LE FILM
Odyssey in Two Biospheres
De Biosphère 1, notre berceau à l'origine de toute vie, à Biosphère 2, cette terre sous cloche, expérimentale, construite par l'homme pour recréer l'écosystème global, la caméra de **Michèle Decoust** recueille de nos jours les souvenirs de trois des huit pionniers qui ont accepté, il y a déjà un quart de siècle, de vivre confinés durant deux ans à l'intérieur de ce laboratoire unique en son genre, aussi périlleux que fascinant, véritable réplique à l'échelle humaine du vaisseau spatial Terre.
Un film bleu et lumineux, captivant.

Documentaire de Michèle Decoust, 44 mn, 2015, Biosphere Foundation

LES REPÉRAGES DE **ORBS #FÉMININ**

ÉVÉNEMENTS

FESTIVAL DU FÉMININ 2019

Entièrement réservé et consacré aux femmes, le Festival du Féminin, né en mars 2012 au sein du Centre Tao à Paris, se veut un voyage initiatique, dédié à l'exploration du féminin, de la femme sauvage à la femme déesse, sans tabou. Animés par des femmes expérimentées, des ateliers pratiques se succèdent pendant deux ou trois jours avec une large place donnée aux arts et à l'expérience corporelle. Les "tentes rouges" en particulier, sont des cercles de femmes inspirés par une ancienne tradition amérindienne où les femmes se regroupaient alors en un lieu qui leur était dédié pour célébrer les grands événements de leur vie sexuelle : puberté, expérience sexuelle, grossesse, naissance, etc. Ces petits groupes de parole accueillent de nos jours, tour à tour, le récit secret de chacune des participantes dans une ambiance intimiste.
Depuis, portés et coordonnés par Delphine Lhuillier et Cécile Bercegeay de l'équipe fondatrice, de nombreux festivals ont fleuri à travers le monde, reliés par une charte commune. Des "épiphénomènes" organisés en Dordogne, Alpes-Maritimes, Vosges, aux Antilles, à Bruxelles, Montréal, Casablanca, Singapour, Mexico, et jusqu'à Auroville en Inde. Après les rendez-vous à Rennes et Paris en février, les prochaines éditions se tiendront à Bangkok, Kuala Lumpur, Bogota, en Colombie, puis Bordeaux en juin 2019.

CHARLES-MAXENCE LAYET

—

www.festivaldufeminin.com

LES FEMMES AU POUVOIR EN ÉTHIOPIE !

Les parlementaires éthiopiens, second pays le plus peuplé d'Afrique, ont désigné à l'unanimité – et pour la première fois – une femme, Sahle-Work Zewde, à la tête de leur pays en octobre 2018. Seule cheffe d'État du continent africain, l'investiture de cette diplomate, ex-ambassadrice en France, au Sénégal et représentante spéciale du secrétaire général de l'ONU auprès de l'Union africaine, fait suite à la nomination d'un gouvernement strictement paritaire – dix hommes et dix femmes. Ce nouveau gouvernement a notamment confié à des femmes les portefeuilles de la Défense, du Commerce et de l'Industrie, et celui de la Paix, chargé de chapeauter la police fédérale et les services de renseignements. Une ancienne juge, militante du droit des femmes et cofondatrice de l'Association des femmes avocates éthiopiennes, a été nommée présidente de la Cour suprême, tandis qu'une autre dirigeante de l'opposition, a été nommée à la tête de la Commission électorale chargée d'organiser les élections de 2020.

CML

ÉCOVISIONNAIRES ET ENTREPRENEURES EN BRETAGNE

À Lorient, le 20 septembre 2018 a eu lieu la remise du prix ÉcoVisionnaires du réseau *Femmes de Bretagne*. Signe des temps : la sororité de ce réseau, créé il y a quatre ans et basé sur l'entraide entre déjà 6 800 femmes entrepreneures bretonnes, connaît un rythme de croissance digne d'une start-up. Autre signe des temps : le prix ÉcoVisionnaires récompense les femmes portant les projets les plus innovants et inspirants au niveau environnemental, social et économique. Une recyclerie-tiers lieu en centre Bretagne pour y retrouver lien et dignité ; un fongicide à base de poireau pour conserver les fruits et légumes sans additif de synthèse ; une activité d'écoconstruction valorisant des déchets des roselières locales après leur coupe d'entretien ; une épicerie biologique "zéro déchet" de deux ans, si engagée et innovante, qu'elle a inspiré de nombreux autres commerces ; des gobelets réutilisables pour les distributeurs automatiques ; des jardins de plantes vivaces comestibles : tels sont les projets audacieux et engagés qui ont été récompensés.

Bien sûr, il existe une forme de truisme à associer femme et nature. Il n'en est rien avec l'entreprise, alors même que près de quatre créateurs d'entreprise sur dix sont des femmes. Souvent plus diplômées que les hommes, elles sont confrontées à des difficultés spécifiques liées à leur genre : difficultés à obtenir des financements, à être prises au sérieux, à concilier vies familiale et professionnelle...

Entre elles, les femmes évoquent plus facilement les freins à la croissance de leur business. Elles se décomplexent et font émerger des solutions innovantes. C'est pourquoi Marie Éloy, fondatrice de Femmes de Bretagne, a aussi créé *Bouge ta boîte* sur un mode de fonctionnement féminin, celui du cercle, et avec un mot d'ordre : la bienveillance. Ce réseau se veut cependant dédié au business : il s'agit d'oser gagner de l'argent. Il s'organise notamment autour de cercles fermés de dix à vingt entrepreneures de zéro à vingt salariés, coordonnés par une animatrice, dans lesquels aucun membre ne se fait concurrence : une profession ne peut avoir plus d'une représentante.

Les membres de ce cercle de femmes entrepreneures se réunissent un vendredi sur deux, pendant la pause déjeuner (pour ne pas empiéter sur les temps de famille), afin de leur permettre d'échanger, se conseiller, se recommander à l'extérieur, s'entraider, dévoiler leur potentiel... Ainsi, une fois par mois, l'une d'entre elles anime un atelier pratique pour accroître les compétences des autres, mettre en exergue son expertise ou optimiser son potentiel de recommandation. Elles se rencontrent également régulièrement en duo pour une entraide plus personnelle. Un mode de fonctionnement à méditer.

GAËLLE BOUTTIER-GUÉRIVE

X-RAY MEMORIES

Les collages de Lindsay Caldicott, technicienne radiographe de profession, sont faits « d'une myriade de fragments de radiographie, ouvragés au scalpel et assemblés avec une précision chirurgicale », remarque le galiériste et spécialiste de l'art brut Christian Berst, à l'occasion de la première exposition française de ces clichés de l'artiste britannique, disparue en 2014. **CML**

SEDER-MASOCHISM
A new animated musical from the creator of Sita Sings the Blues

FILMS

SEDER MASOCHISM

Nina Paley est une dessinatrice et animatrice américaine, une grande prêtresse de la culture libre, réputée pour ses œuvres politiquement incorrectes et engagées. Après une première incursion dans le long métrage d'animation avec *Sita sings the blues*, Nina Paley revient en 2018 avec *Seder Masochism*, une comédie musicale basée sur l'histoire de la Pâque juive, fêtée lors du repas cérémoniel du Seder et racontée dans le Livre de l'Exode, qui relate la sortie d'Égypte et la naissance du peuple d'Israël. Objet hybride, aussi psychédélique qu'irrévérencieux, entre histoire familiale et militante, jouant de sa judaïté et intégrant au film les enregistrements vocaux de son père – alors gravement malade et décédé en 2012 –, Nina Paley a travaillé sur le projet indépendant pendant six ans. Cherchant un point d'accroche spirituel, existentiel mais aussi fondé, Nina Paley conçoit une séquence d'introduction basée sur des sculptures de déesses, vieilles de 30 000 ans. C'est en leur donnant vie que les éléments du récit commencent à s'assembler : le Livre de l'Exode est avant tout une histoire de déicide féminin, le dernier clou du cercueil du culte de la Déesse, attaquée par le patriarcat depuis l'avènement de l'agriculture. Nina Paley introduit alors son révisionnisme animé dans chaque séquence, repensant les Plaies d'Égypte autant que l'épisode du veau d'or, lequel prend la forme de l'ancienne divinité égyptienne Hathor, une femme fertile à tête de vache.

Morceau emblématique du film, le numéro des déesses dansantes reprend le hit *You Gotta Believe*, interprété par les Pointer Sisters dans le film *Car Wash* de 1976, où les hommes activistes étaient appelés à défendre leurs sœurs militantes. Rythmée, visuelle, poétique, touchante, engagée, cette épopée "hérétique" et non conformiste passe en revue les millénaires, liant l'histoire à l'Histoire, tout en riant et en dansant. Enthousiasmant. **GBG**

—

www.seder-masochism.com

DAKINI

D'origine sanskrit, le terme Dakini signifie « la femme qui voyage » et fait référence en général, dans la culture bouddhiste, à des femmes éveillées, de pouvoir et de sagesse. Ce premier long métrage de la réalisatrice bhoutanaise Dechen Roder, subtil et somptueux, est en effet un voyage intriguant, entre film à mystère et polar hypnotique. Un détective s'allie pour son enquête sur la disparition d'une nonne bouddhiste, avec sa principale suspecte : une séduisante jeune femme, vue comme une sorcière par les villageois. Sa quête à ses côtés, telle une itinérance spirituelle, l'entrainera dans des paysages somptueux, aux sources mystiques des coutumes de son pays, tiraillé entre tradition et modernité. Un film onirique, sensuel et de toute beauté.

AZ

—

Dakini, réalisé par Dechen Roder, dist. Jupiter Films, 2016.

www.jupiter-films.com

DES FEMMES DANS L'ESPACE ?

Mercury 13, ce beau documentaire sur les femmes et la conquête spatiale au temps de la guerre froide laisse un goût amer. Il raconte l'histoire d'une immense occasion manquée pour le progrès, et le destin de 13 rêves brisés. Celui de voler vers les étoiles des 13 femmes du programme Mercury. Une promesse rompue et le rappel douloureux de tous les obstacles que les femmes ont dû affronter pour être considérées comme égales dans l'industrie des vols spatiaux et l'ensemble de la société. Trente ans plus tard, quand on demandera à la pilote de l'Air Force, Eileen Collins, de piloter la navette spatiale en 1995 – la première femme à le faire –, elle invitera les femmes de Mercury 13 à la conférence de presse de la NASA, où elles reçurent une ovation.

Le terme Mercury 13 est trompeur. Ce titre accrocheur, inventé par un producteur de télévision dans les années 1990, suggère que les femmes faisaient partie d'un programme de la NASA, associé au projet Mercury. Sauf que Mercury 13 n'était pas un programme officiel de la NASA. Il faudrait l'appeler le programme Femme dans l'espace de Lovelace, du nom du chirurgien de la NASA, William Randy Lovelace, qui avait aidé à sélectionner les sept premiers astronautes du programme spatial américain Mercury.

L'Union soviétique commençait à former des cosmonautes de sexe féminin. Lovelace a estimé que les femmes devaient occuper une place dans l'espace. Il a pris l'initiative en 1960 de recruter des femmes pour voir comment elles se débrouilleraient lors des tests d'endurance de la NASA. Sur les 25 postulantes, 13 furent retenues, réussissant les tests aussi bien que les hommes, sinon mieux, en particulier dans la fonction cardio-pulmonaire, aux tests d'isolement et de privation sensorielle. Voilà qui était extrêmement dérangeant pour leurs homologues masculins, destinés à devenir des dieux vivants.

Médiatisé, ce programme privé suscita de nombreux commentaires empreints de préjugés sexistes, notamment de la part de l'astronaute John Glenn. L'armée se retira du projet et les tests finaux n'eurent jamais lieu. La manière dont ces femmes pilotes ont injustement dû renoncer à leur rêve, tranche avec le portrait peu flatteur qui se dessine en creux de leurs homologues masculins, celui de petits garçons à qui on allait voler la vedette.

La première femme à atteindre l'espace fut donc la Russe Valentina Tereshkova, qui en 1963 tourna 48 fois autour de notre planète, tandis que, sur Terre, les Américains abandonnaient le programme Woman in Space en 1961, l'année où Kennedy annonça le projet Apollo et l'intention américaine d'aller sur la Lune. Une femme sur la Lune : cela aurait été quelque chose !

FARID LOZÈS

—

Mercury 13, de David Sington et Heather Walsh, disponible sur Netflix.

LECTURES

NJINGA, REINE GUERRIÈRE

Nous sommes en 1622, dans le royaume de Ndongo en Afrique centrale, dans le nord de l'Angola d'aujourd'hui. Njinga est une reine africaine qui tint tête, durant plus de trente ans, à la colonisation portugaise. Ses prouesses militaires, son sens politique et son intelligence diplomatique ont fait d'elle une légende. Préservant l'indépendance de son royaume, elle rejoignit une secte cannibale puis noua des relations directes avec le pape, et imposa le christianisme à son peuple en échange de la reconnaissance du Vatican. Son règne, mythique dans la tradition orale africaine et brésilienne, est comparable à celui de la reine Élisabeth Ire en Angleterre. Le récit de l'historienne américaine Linda M. Heywood, spécialiste de la diaspora africaine, se lit comme un roman et nous plonge dans l'odeur de poudre d'une époque riche en conflits et en atrocités sanglants, marquée par l'avidité des premiers Empires et du capitalisme naissant.

CML

—

Njinga, de Linda M.Heywood,
334 p., éd. La Découverte, 2018.

L'AMOUR AU-DELÀ DE LA RENCONTRE

Dans ce livre, l'auteur et astrologue Fanchon Pradalier-Roy, loin de réduire l'amour à ses dimensions émotionnelles habituelles, puise dans différentes sciences et traditions, notamment la théosophie. Ainsi, l'amour, selon l'occultiste et spiritualiste britannique Alice A. Bailey « n'est ni un sentiment, ni une émotion », il est « la force supérieure qui guide les mondes et qui conduit à l'intégration, à l'unité et à l'inclusivité ». Envisagé comme principe cosmique, principe de tout le vivant, et principe de notre évolution sur Terre, l'amour nous « tombe dessus » pour nous réveiller et nous donner l'occasion d'évoluer. Alors que nous l'avons rencontré et que nous croyons vivre le bonheur tant attendu, les difficultés affluent comme autant de crises de croissance, mettant au défi de s'affranchir des conditionnements et de se transformer, pour devenir véritablement Soi. Transdisciplinaire et synthétique, nourrissant et décapant, tout en étant extrêmement rigoureux dans ses sources et sa pédagogie, cet ouvrage pose clairement et très concrètement les fondements du nouveau paradigme à incarner à l'ère du Verseau, et donne un éclairage neuf à nos crises contemporaines, marquées par le passage de la raison à l'amour.

MD

—

L'Amour au-delà de la rencontre, de Fanchon
Pradalier-Roy, 223 p., éd.Amalthée, 2018.

ARTÉMIS, ARCHÉTYPE INDOMPTABLE ?

La psychiatre et analyste jungienne américaine Jean Shinoda Bolen est une auteure et militante féministe. Pionnière de la psychologie transpersonnelle et des cercles de femmes, elle dresse, depuis plus de trente ans et son premier livre *Goddesses in everywoman*, une carte des liens entre les déesses de la mythologie grecque et la psyché du féminin. Son nouvel ouvrage en français s'attache en particulier à la figure d'Artémis, la Diane des Romains, sœur jumelle aînée d'Apollon et déesse de la chasse, protectrice avec son arc et ses flèches d'argent de la vie sauvage, des jeunes animaux, associée à la lune et aux accouchements (l'armoise, Artemisia vulgaris, la plante des sages femmes porte son nom)... et son pendant humain, Atalante, célèbre dans la Grèce ancienne pour ses dons pour la chasse, la course, et son aisance à considérer les hommes comme des amis et des égaux. Abandonnée à la naissance, elle survécut, dit-on, allaitée par une ourse « sous la protection d'Artémis ». D'autres visages d'Artémis la déesse vierge – Athéna, Hestia – et de sa facette lunaire – Séléné, Hécate – sont également explorés. Mais revenons à Artémis et Atalante en tant que figures libres, insoumises et farouches.

« Artémis représente une prédisposition archétypale pour les relations fraternelles égalitaires entre les hommes, le sens de la sororité chez les femmes, la capacité à viser une cible lointaine ou à relever un défi, et la préférence à être dans la nature plutôt que dans les villes », explique Jean Shinoda Bolen. Elle poursuit : « Atalante est l'exemple de l'esprit indomptable des filles compétentes et courageuses et des femmes qu'elles deviennent. Cet esprit indomptable refuse de renoncer à ce qu'il sait être juste. Ces femmes font preuve de courage, de passion et de persévérance sur le long terme pour survivre et gagner. »

Les séries de fiction, *Hunger Games*, *Millenium*, jusqu'à *Cinquante nuances de gris* ont pour héroïne des Atalante, indépendantes et résilientes. Les femmes modernes, Atalante incarnée avec l'esprit d'Artémis actif « viennent au monde avec une solide détermination, une volonté forte et une grande capacité de concentration. À cela s'ajoutent souvent un sens de la justice, une attitude égalitaire et un besoin affectif de protéger les plus fragiles qui ne peuvent se protéger eux-mêmes ». Pour l'auteure, jungienne, ce féminin spectaculaire qui sourde et jaillit de toute part porte la marque d'Artémis et de son esprit archétypal indomptable. Derrière la figure inspirante d'un nouveau féminisme universelle, derrière la guerrière sacrée d'une nature défigurée à défendre, derrière #MeToo et Wonder Woman bien sûr, la même urgence commune de corriger le tir.

ANGELO ZARINA

—

Artémis, de Jean Shinoda Bolen, éd. Le Courrier du livre, 2018.

JE SUIS LA TERRE-MÈRE,
Femme médecine, guérisseuse, Caroline Manière, 2016.
Acrylique sur feuille de cuivre

RECHERCHES

UNE AUTRE FIN DU MONDE EST POSSIBLE

PAR PABLO SERVIGNE, RAPHAËL STEVENS, GAUTHIER CHAPELLE

Trois auteurs, la quarantaine sincère et lucide, "chercheurs in-Terre-dépendants".[1] Le ton est donné. Ce livre est à la fois un trésor de gravité et de sagesse, d'intuition visionnaire et de chiffres implacables, de plongées intérieures et d'intégrité scientifique. Car notre trio bardé de diplômes, naturaliste, biomiméticien, agronome, biologiste, collapsologue... tous auteurs de livres de référence dans ces multiples domaines, a en effet sauté le pas. Traversant la rivière, ils abordent frontalement, non seulement la réalité irréversible de l'effondrement de notre civilisation et de ses modes de vie, mais aussi l'urgence incontournable de changer de conscience, de point de vue... et d'écologie intérieure.

Écoutons-les : « Pour nous trois, la maturation de ce récit est d'abord passée par une étape rationnelle de lucidité (le lien entre plusieurs disciplines scientifiques), puis par le partage de notre imagination, ce qui a stimulé une transformation intérieure (émotions et rapport au Monde) ainsi qu'une transformation extérieure (mode de vie, engagement politique, et organisation collective). Cela nous a permis de redonner du sens à nos vies, de nous sentir moins perdus, de nous réveiller, et de rentrer dans une nouvelle résonance avec notre époque. Nous goûtons à ce sentiment de vivre un moment décisif de l'Histoire, mais aussi à celui de nous sentir vulnérables et fragiles. Cela nous reconnecte à la fois à ce qui nous dépasse, et à notre statut de mortel. »

Voici comment nos trois mousquetaires cheminent de plain-pied, humblement et sans crainte, dans les prairies du Féminin. Arrive bien vite en effet la mise à nu du Masculin, détourné de son sens et de sa mission... « Le patriarcat trouverait son origine il y a près de 5 000 ans, à la fin du néolithique, aux débuts de l'âge du bronze et des civilisations de l'écrit. Lorsque l'homme découvrit à la fois, ses possibilités d'agriculteur et de procréateur, il prit le pouvoir et tourna les choses à son profit. »[2]

Passé cette nécessaire mise au point, notre trio ouvre de nouvelles pistes pour vivre l'effondrement, et non y survivre : « La déconnexion avec la Nature s'accompagne d'une profonde déconnexion avec nous-mêmes. Deux clefs ont

(1) Pablo Servigne, Raphaël Stevens, Gauthier Chapelle, *Une autre fin du monde est possible*, Le Seuil, 2018.

(2) « S'étant emparé du sol, donc de la fertilité (plus tard de l'industrie), et du ventre des femmes - donc de la fécondité - il était logique que la surexploitation de l'une et de l'autre, aboutisse à ce double péril menaçant et parallèle : la surpopulation, excès des naissances, et la destruction de l'environnement, excès des produits. » Françoise d'Eaubonne, *Le Féminisme ou la mort*, éd. Pierre Horay, 1974.

(3) *Une autre fin du monde est possible*, p.188.

(4) « Sans introspection, les activistes (qui veulent changer le monde) sont très souvent pris au piège des habitudes et des croyances de leur inconscient, et de celui du public, ce qui peut facilement entraîner des stratégies erronées, de l'intolérance, des luttes d'ego, des désordres émotionnels, du cynisme, de l'épuisement. » ibid, p. 190.

été importantes pour nous, l'écopsychologie et l'écoféminisme. Nous les avons d'abord découverts par l'expérience, puis, pour mettre des mots sur le vécu, par des lectures. »[3] Retour au Féminin, dans ses valeurs, mais aussi en épousant ses processus : primauté de l'expérience sur la théorie. Car nos trois auteurs sont coutumiers des séminaires d'initiation pour les hommes du Mankind Project, de l'écopsychologie et du TQR (le Travail Qui Relie) de Joanna Macy[4]. S'adressant aussi aux femmes blessées dans leur féminin autant que les hommes, le TQR, véritable "cours accéléré" d'empathie et de reliance, s'est propagé depuis les années 1980 dans le monde entier.[5][6][7] Ce n'est donc pas seulement "en connaissance de cause", mais pour l'avoir vécu intimement, que notre trio peut affirmer que les initiations à la masculinité et à la féminité sont d'une grande aide sur le chemin...

« Pour le féminin, le thème central de la création est l'interdépendance. La réalité est vivante, et peut être appréhendée de plusieurs façons. Nous sommes les gardiens de la terre et de toutes les formes de Vie. Pour le masculin, le thème central de la création est la séparation. L'esprit logique est la seule façon de connaître la réalité, et cette dernière est mécanique. La nature est séparée de nous et nous pouvons en disposer. [...] La proposition est donc, en plus de faire un travail personnel sur ses ombres, de rééquilibrer ces deux polarités au sein de la Société. Pour le féminin, faire des liens : entraide, décloisonnement, interdépendance, alliance avec les autres qu'humains. Et développer notre intériorité : intuitions, émotions, spiritualité. D'un côté les liens seront précieux pour vivre les pénuries et les milieux hostiles ; de l'autre l'intériorité viendra faire mûrir nos actions, c'est-à-dire donner une autre dimension à la tant attendue "politique de l'effondrement", ou ce que d'autres appellent simplement "la transition".

Coup de chapeau à nos trois auteurs, pour avoir si bien allié le contenu et la forme, le vécu, le témoignage, et le message. Venant du monde de la Science, parfois si rigide et masculin, Pablo, Raphaël et Gauthier nous offrent, avec ardeur, intégrité et cohérence, une superbe piste vers la plénitude, le tissage des liens et la puissance créative du (de leur) Féminin.

MICHÈLE DECOUST

(5) Notamment en Belgique, en Suisse, en France, avec Terr'Éveille, où Gauthier Chapelle et Pablo Servigne sont animateurs. www.terreeveille.be

(6) Cette méthodologie est décrite dans l'un des deux livres de Joanna Macy traduits en français, *Écopsychologie pratique et rituels pour la Terre*, éd. Le Souffle d'Or, 2008.

(7) Joanna Macy :

« Si je fais encore tout cela, c'est pour mettre un maximum de chances de notre côté, pour qu'au moment où cela basculera, nous évitions la violence. », ibid, p. 191.

L'AUTEURE

Journaliste, écrivain et réalisatrice d'une douzaine de documentaires depuis 1985, dont les thèmes sont l'écologie de la Terre, du Corps, et de l'Esprit, passionnée des communautés pionnières cosmopolites, **Michèle Decoust** a consacré trois documentaires à l'aventure Biosphère 2 (cf. Itinéraire d'une femme planète), et deux documentaires à Auroville, dans le sud de l'Inde, où elle séjourne chaque année. www.micheledecoust.com

PAROLES

LA CHRONIQUE INITIATIQUE DE JACQUELINE KELEN

LA DAME MYSTERIEUSE

Elle a pour nom Diotime ou Dulcinée, Béatrice ou Laure, elle est proche et lointaine, la dame courtoise, la Dame à la licorne, sous diverses apparences elle traverse les siècles et sa jeunesse, sa beauté demeurent inaltérées.

Au fil du temps, des philosophes ont écouté ses paroles et contemplé son visage, des poètes l'ont chantée et des artistes ont tenté de capturer ses traits, de montrer son éclat. Mais elle échappe toujours, invitant chacun à poursuivre la Quête, à s'aventurer sur les chemins de l'infini.

Voici quelques-unes de ses apparitions.

Dans *Le Banquet*, qui date du Vᵉ siècle avant J.-C., Platon relate les propos que tinrent sept éminents convives au sujet de l'Amour. Lorsqu'arrive son tour, Socrate, au lieu de parler en son nom, rapporte ce que lui a enseigné Diotime, prêtresse de Mantinée. Lui se déclare ignorant de toutes choses, c'est Diotime qui lui a appris qu'Éros est amour du beau et du bon, désir d'immortalité.

Bien plus tard, la dame mystérieuse franchit les murs de la geôle où se trouve, prostré, le savant et lettré Boèce, condamné à mort. On est au début du Vᵉ siècle, à Pavie. Alors que Boèce se lamente et pleure, une femme de haute stature, au regard brillant, vient le réprimander et le consoler : le temps n'est plus aux muses légères, il faut tourner toutes ses pensées et son être vers le Ciel. Ainsi parle Dame Philosophie : « Heureux qui a pu contempler du bien la source lumineuse, heureux qui a pu détacher ses lourdes chaînes terrestres... »

Elle est encore, peau blanche et cheveux d'or, la noble dame qui aux XIIᵉ et XIIIᵉ siècles inspire les chants des troubadours et les prouesses des chevaliers. Qualifiée invariablement de « belle et sage », elle affine le désir et les mœurs, elle éveille à la vaillance, à l'amour, à la joie.

Pour Dante, elle devient Béatrice, celle qui oriente vers une vie nouvelle et qui, tenant une rose blanche, conduit le poète jusqu'au Paradis. Pétrarque célèbre la femme salvatrice sous le nom de Laura – où l'on entend l'or, le laurier, l'aura... Et à l'automne du Moyen-Âge, René d'Anjou écrit un magnifique récit dans lequel le chevalier Cœur, accompagné de son écuyer Vif-Désir, franchit bien des obstacles et subit nombre d'épreuves afin de rejoindre la dame désirée, Doulce Mercy. Et la dame s'évapore. Nul mortel en effet ne saurait saisir ni étreindre celle qui mène toujours plus loin, plus haut, derrière l'écran du monde.

Parfois la figure lumineuse se pose dans un musée, questionnant les visiteurs par sa majesté, sa mélancolie, par son sourire indéchiffrable. Ainsi de la Dame à la licorne dont les six tapisseries offrent autant de visages différents. Haute et solitaire, fière et douce, droite et gracieuse, elle invite le passant dans son île-jardin peuplée d'animaux et semée de mille fleurs. Ainsi de la Joconde qui rayonne d'une joie secrète, d'une profonde sagesse, seul tableau que Léonard de Vinci emporta avec lui lorsqu'il fut accueilli en France par François Ier.

Son visage apparaît encore sous le pinceau de Boticelli, de Khnopff, de Dante-Gabriel Rossetti...

Fou admirable, incompris et moqué par un monde réaliste, pragmatique, Don Quichotte perçoit la dame de ses pensées derrière l'apparence robuste de la paysanne Aldonza. Désormais elle sera Dulcinée, « elle est ma reine et ma dame », proclame le chevalier errant. Dans l'œuvre de Shakespeare l'Idéal féminin se glisse dans les personnages d'Ophélie, que le prince Hamlet désigne comme "la céleste idole de mon âme", de Juliette et de Desdémone. Figures d'innocence, de beauté, de jeunesse, sacrifiées en un monde ignare et mauvais. Pour Hölderlin elle sera Diotime, pour Nerval Aurélia. Et Nietzsche lance une déclaration passionnée à l'unique femme de sa vie : "Jamais encore je ne trouvai la femme de qui voulusse enfants, sinon de cette femme que j'aime ; car je t'aime, ô Éternité." Pessoa la pare du nom de Notre-Dame du silence et lui dédie une vibrante litanie : « Sois toujours dans la vie ce qui peut être le rêve d'un solitaire, et non pas le refuge d'un amoureux. [...] Que personne ne puisse dire de toi ce que l'âme du fleuve peut dire de ses rives : qu'elles existent pour le borner. »

Infiniment présente et totalement insaisissable, la dame mystérieuse ne cesse de faire signe depuis que le roi Salomon l'a rencontrée et chantée pour les siècles à venir : elle est la Sagesse, toute proche de Dieu. Ou encore, selon Goethe, l'Éternel féminin qui entraîne l'humanité vers les hauteurs.

Cette figure souveraine et intemporelle se situe bien au-delà du féminin psychologique et des valeurs féminines qui lui sont habituellement associées (sentiment, nourriture, protection...), bien au-delà d'une féminité séduisante ou rassurante, dangereuse ou soumise, et son autorité morale et spirituelle n'est pas le pouvoir et les droits légitimes que réclame le féminisme. Passante, elle exhorte à la vertu et au perfectionnement, elle éveille à l'amour et à la connaissance. À ceux qui l'aperçoivent en leurs songes, dans le silence ou le profond de leur cœur, elle rappelle la magnifique grandeur de la destinée humaine.

L'AUTEURE
Écrivain, **Jacqueline Kelen** consacre la plupart de ses livres et séminaires au déchiffrement des mythes de la tradition occidentale et à l'approche de la vie intérieure. Son œuvre compte plus de trente titres, notamment *Les Femmes éternelles* (éd. Anne Carrière), *Les Floraisons intérieures, Méditations sur la Dame à la licorne* (éd. La Table Ronde), *Une robe de la couleur du temps* (éd. Albin Michel).

REMERCIEMENTS

Philippe Brizon, Sylvain Brosset, Guillaume Bouilleux, Élisabeth Greffier, Jean-Louis Gueydon de Dives, Joëlle Henry, Dominique Lussan, Frédérique Letellier, Turker Ozan, Delphine Lhuillier (Festival du Féminin), Yves Michel et Marion Ducasse (Éditions Le Souffle d'Or), Mathieu Coste (ChezNous), Marine Demanet, Nicolas Dubois (Humanence), Jean-Michel Dugue, Élodie Dulac, Isabelle Dunson, Élisabeth et Patrick Le Berre, Laurence Ansel, Laurence Baranski, Alexandre Boisson, Christophe «ToTof» Barrault, Jean-Yves Bilien, Gauthier Chapelle, Gaëtan Dhayer, Gauthier Dupont, Dominique Eraud, Franck Ferrandis, Yvan Ferréol, Jean-Yves Gauchet, Véronique Gaboriau, Christine Gilles, Virginie Gomez, Jean-Pierre Goux, Reine Graves, Yann Herry, Laurence Lalanne, Martine Lebrun, Christine Mallen, Pascale Mottura, Anne Pampuzac, Sébastien Pelé, Frédéric Platon, Thierry Piolatto, Érik Pigani, Stéphane Riot, Pablo Servigne, Anana Terramorsi, Guy et Margot Thieux, Jacqueline Warnet, Bruno Ruellan (Bussière), Pascale Iltis et Carole Lozano (Éditions La Découverte), Ingrid (Tprod), Mélissa Blanchard (Éditions Cambourakis), Marie-Hélène Doré et Isabelle Laurand (Éditions Tredaniel), Christine Ribes (Éditions Detrad), Morgane Barraud (anne samson communications), Selma Khallaf, Élisa et Christian Berst (christian berst art brut), Luc Lessertisseur (Rea Photo), Stéphanie Cappozoli, Jean Kabuta, Bertrand Hirsh, Marc-Antoine Masri, Lydie Rappaport, Anne Robert, Gilles Viallard, JJ Dietrick, Alice Guy Jr, Pamela B. Green et Cosima Littlewood (Be Natural), Emma Nichols (Sothebys), Brigitte Tarrats (Mairie de Bordeaux), Jan et Tom Roeloffs (Jupiter Films), Chantal Colleu-Dumond et Sandrine Mahaut (Centre d'Arts et Nature, Domaine de Chaumont-sur-Loire), Rachel (GebNout), Olivier et Nicolas Delbarre (Amboise Maisons et Matériaux Écologiques), Thierry Vincent (CoopCités)

Le Capital Humain Éditions bénéficie du soutien de Ciclic – Région Centre-Val de Loire dans le cadre de l'aide aux entreprises d'édition imprimée ou numérique.

ciclic
CENTRE VAL DE LOIRE

CRÉDITS PHOTO

COUVERTURE : *© Donald Woodman.*
2^E DE COUVERTURE : *Creek, Ana Mendieta © The Estate of Ana Mendieta Collection, LLC. Courtesy Galerie Lelong & Co.*
MA SŒUR HILDEGARDE : *P.12-17 © dDR*
#METOO : *P.24 © Marlena Kuczko Photography www.marlenakuczko.com. P.26 © Holly Pickett/REDUX-REA. P.29 DR. P.43 © Photo by Larry Busacca/Getty images for Coachella*
MERVEILLEUSES MÈRES VEILLEUSES : *P.51 © Musée de l'Homme. P.52 Sothebys. P.55 DR. P.56 © Metropolitan Museum of Art, Samuel Eilenberg Collection, Photo Sarah Welsh, CC-BY-SA 4.0. P.59 © Photo Thilo Parg, CC-BY-SA-3.0. P.60 © Selçuk Museum, Photo par Dick Osseman. P.61 © Chino City, Nagano, Togariishi Museum of Jomon Archeology. P.62 © Musée d'Aquitaine. P.63 © The Estate of Ana Mendieta Collection, LLC. Courtesy Galerie Lelong & Co. P.65 © The Trustees of the British Museum, CC BY-NC-SA 4.0*
NOTRE-DAME DE TOUS LES PEUPLES : *P.66-67 DR. P.71 DR. P.72 © 2014 TPROD / Pierre Barnérias. P.77 © Sicdamnone, CC BY-SA 4.0. P.82 © Bertrand Bodin www.bodinphoto.com.*
LES MIROIRS DE LA GRÂCE : *P.84-96 Aude de Kerros.*
FÉMINISME ET FRANC-MAÇONNERIE : *P.98 © OMMI Le Droit Humain / BnF. P.103 © Ernest Charles Appert / Musée Carnavalet / Roger-Viollet. P.110 © OMMI Le Droit Humain / Antonio Ceruello. P.111 © BnF.*
LA RÉVOLUTION DU ROJAVA : *P.117-118 © Yann Renoult yannrenoult.cargocollective.com.*
MARCHER DANS LA BEAUTÉ : *P.125-137 Eric Sander, pour le Domaine de Chaumont-sur-Loire.*
QUAND LA NATURE NOUS FAIT DU BIEN : *P.139 Caroline Manière Peintre www.carolinemaniere.com.*
HANNAH YATA : *P.146 à 153 © Hannah Yata www.hannahyata.com.*
ITINÉRAIRE D'UNE FEMME PLANÈTE : *P.164-165 © Katja Schulz CC-BY-2.0. P.167 DR. P.171 © Biosphere Foundation. P. 172 © Peter Manzel Photography.*
REPÉRAGES : *P.181 Lindsay Caldicott, avec l'aimable autorisation de christian berst art brut. P.182 Courtesy Nina Paley www.ninapaley.com. P. 187 Caroline Manière Peintre www.carolinemaniere.com.*